TYRAL
AUSSERIRDISCHER GEFÄHRTE

KATE RUDOLPH

STARR HUNTRESS

ÜBERSETZT VON
RENATE DÖRING

Herausgegeben von Starr Huntress & Kate Rudolph.
www.starrhuntress.com
www.katerudolph.net

Deutsche Erstausgabe von Celestial Heart Press, PO Box 1172, Valparaiso, Indiana, 46383 USA

Februar 2022

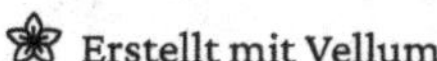 Erstellt mit Vellum

ÜBER DIESES BUCH

Ein attraktiver Außerirdischer, der nur noch eine Woche zu leben hat, verliebt sich auf der Flucht vor Piraten in eine menschliche Frau!

An der Grenze zwischen Leben und Tod ...

Detyen, die ihre Schicksalsgefährtin nicht gefunden haben, sterben früh, und Tyral macht sich auf den Weg nach Hause, um sich zu verabschieden. Doch als Piraten sein Schiff angreifen und ihn entführen, findet er Hoffnung, wo er es am wenigsten erwartet hätte.

Die meisten Detyen-Frauen sind tot. Könnte es sein, dass ein Mensch seine Gefährtin ist?

Jemand will ihren Tod ...

Als Piratenabschaum Dorsey auf einer Reise entführt, auf der sie eigentlich hätte sicher sein sollen, kann sie es nicht glauben. Und als sie ihr verraten, dass sie angeheuert wurden, um sie zu entführen, verwirrt sie das noch mehr. Wer würde eine einfache Frachtführerin töten wollen?

Ihre einzige Hoffnung auf Überleben liegt in den Händen eines mysteriösen Fremden, der Dinge in ihr weckt, die sie noch nie zuvor gefühlt hat. Sein Kuss ist stark genug, um ihre Seele zu erobern.

Was bedeutet es, wenn er sie Denya nennt?

Ty hat ebenfalls Feinde, und sie müssen zusammenarbeiten, um sie abzuwehren und sich ein gemeinsames Leben aufzubauen. Kann eine menschliche Frau mit einem außerirdischen Gefährten glücklich werden?

Detyen sind dazu verdammt, jung zu sterben, wenn sie nicht ihre Schicksalsgefährtin finden. Die Serie Außerirdischer Gefährte kann in beliebiger Reihenfolge gelesen werden, es gibt keine Cliffhanger!

Beginnen Sie noch heute mit der Lektüre dieser Serie, zu der regelmäßig neue Bücher hinzukommen: Außerirdischer Gefährte

1

KAPITEL EINS

Tyral NaRaxos konnte das Tor schon sehen. Noch ein Sprung und dann würde er auf Jaaxis landen, um seine Familie ein letztes Mal zu sehen. Er hatte gehofft, dass dieses Wiedersehen ein freudiges Ereignis und ein Grund zum Feiern sein würde. Es gab Gerüchte über unverheiratete Detyen-Frauen, die in einem System lebten, das nur wenige Detyen jemals bereisten. Aber die Gerüchte waren nicht wahr, jedenfalls nicht, soweit Ty das beurteilen konnte. Mehr als einen Monat lang hatte er die weitgehend unfruchtbare Felslandschaft auf der Suche nach den verlorenen Frauen durchkämmt.

Sie waren unauffindbar.

Da ihm nur noch eine Woche bis zu seinem dreißigsten Geburtstag blieb, wollte er die Zeit nutzen, um sich zu verabschieden. Sein Schiff war nichts Besonderes, aber irgendjemand aus der Familie konnte es sicher brauchen. Und obwohl er wusste, dass Schmerz und endlose Dunkelheit alles war, was ihm am Ende der Woche bleiben würde, hoffte er, dass seine Familie in den Erinnerungen an ihn etwas Freude und Trost finden würde.

Der Annäherungsalarm ertönte und Ty war sofort voll konzentriert, Adrenalin schoss durch seine Adern und ließ sein Herz höher schlagen. An diesem Tor herrschte normalerweise wenig Verkehr, Jaaxis war ein sehr abgelegener Ort. Im Umkreis von tausend Kilometern sollte kein anderes Raumschiff unterwegs sein.

Er klappte seinen Bildschirm auf und sah nichts. Die Schwärze des Weltraums erstreckte sich so weit, wie seine Sensoren sehen konnten. Aber Ty hielt seine Maschine in kampfbereitem Zustand. Er wusste, dass der Sensor nicht defekt sein konnte. Nicht eine Woche nach dem letzten Wartungscheck.

Er wechselte die Ansicht von sichtbarem Licht zu einem anderen Spektrum. Dass seine Augen nichts wahrnehmen konnten, bedeutete nicht, dass da nichts war. Und ganz am Rand des Bildschirms sah er den Fleck.

Mist.

Ty verkniff sich einen Fluch. Die verräterische ultraviolette Explosion zeigte, dass sich mindestens ein Schiff schneller als das Licht entfernte. Und kein FTL-fähiges Schiff brauchte die Tore. Es war teuer und zeitaufwendig, sie zu nutzen. Das bedeutete, dass dieses Schiff nicht wegen des Tores hier war.

Es war seinetwegen hier.

Piraten.

Die Parasiten des leeren Weltraums suchten bestimmte Schifffahrtsrouten heim, um ahnungslose Schiffsbesatzungen zu überfallen. Und obwohl Tys Schiff wendig genug war, um ihnen unter idealen Umständen zu entkommen, war es nicht ausgerüstet, um sich erfolgreich gegen sie zu verteidigen. Seine einzige Möglichkeit war die Flucht.

Ty sendete das Notsignal aus und aktivierte die manuelle Steuerung. Er hatte die Torstation im Jaaxis-System benachrichtigt, als er in Kontaktreichweite kam, aber wie bei allen Toren musste er in die Warteschlange, bis er an der Reihe war. Da das Notsignal eingeschaltet war, hatte er Vorrang.

Die Triebwerke schalteten sich ein und sein Schiff brummte durch die zusätzliche Energie.

Einen Moment lang dachte Ty, er würde es schaffen. Das Tor kam näher und näher, wie ein Riss, der schwärzer aussah als das Vakuum um ihn herum. Doch dann gab es einen Ruck und er kam nicht mehr voran.

Ein Traktorstrahl. Zuerst würden sie ihn festhalten und ihn dann hineinziehen.

Ty machte sich nichts vor. Er hatte nichts Wertvolles auf dem Schiff, und das Schiff selbst war nicht wertvoll genug, um ihn zu einem Ziel zu machen, nicht im Vergleich zu einigen der Frachtschiffe, auf denen er gearbeitet hatte.

Das bedeutete, dass es sich nicht einfach um Piraten handelte. Sie waren Sklavenhändler.

Ty löste seinen Sicherheitsgurt und drehte sich um,

um das kleine Fach hinter seinem Sitz zu öffnen. Dort fand er seinen Blaster genau dort, wo er hingehörte, in dem Reisesafe, den er immer benutzte, wenn er tagelang allein unterwegs war. Es ergab keinen Sinn, die Waffe zu tragen, wenn er die einzige Lebensform weit und breit war.

Er entsicherte den Blaster und hielt ihn hoch. Blaster waren keine tödlichen Waffen, es sei denn, sie trafen genau den richtigen Punkt. Aber aus nächster Nähe, das wusste Ty, konnte er einen Gegner ausschalten. Ein Druck auf den Abzug und er würde den Plan der Piraten vereiteln.

Einen Moment lang überlegte Ty, eine Nachricht nach Hause zu schicken. Seine Familie wusste nicht, dass er kommen wollte. Er hatte seinen Besuch als eine bitter-süße Überraschung geplant. Und genau aus diesem Grund beschloss er, nicht zu versuchen, mit ihnen Kontakt aufzunehmen. Neunundzwanzigjährige Detyen verschwanden häufig spurlos. Für viele Familien war es viel einfacher, mit der Hoffnung zu leben, dass sie noch lebten, als sich mit der Gewissheit abzufinden, dass sie tot waren.

Ty hielt den Blaster hoch.

Es ging nur um eine Woche. Es hatte sowieso nie eine Überlebenschance für ihn gegeben. Er kannte jede in Frage kommende Person auf Jaaxis, und nicht eine einzige von ihnen war seine Denya, seine Gefährtin. Es gab dort keine einzige Frau, die ihn vor seinem Schicksal bewahren konnte.

Und doch zögerte er. Dieses Zögern brachte ihm die Erkenntnis, dass er nicht wirklich mit dem abgefunden hatte, was passieren würde. Er wollte nicht sterben. Sein Lebenswille brannte ihm ein Loch in den Bauch. Er wollte so sehr leben, dass er sein Leben nicht in diesem Moment beenden und sich vor der Woche der Qualen retten konnte, die ihm eine umherziehende Bande von Sklavenhändlern zweifellos antun würde.

Mit einem Knurren verstaute Ty die Waffe wieder in ihrem Safe und schloss das Fach.

Heute würde er nicht sterben. Und wenn er in einer Woche sterben musste, dann würde er so viele dieser Arschlöcher mitnehmen, wie er konnte.

Zum Teufel mit einem stillen Abgang.

2
KAPITEL ZWEI

Dorsey Kwan saß zusammengekauert in einer Ecke ihrer Zelle mit den schwarzen Wänden. Sie wusste nicht, wie lange sie schon eingesperrt war, aber sie glaubte nicht, dass es sehr lange war. Nicht länger als eine Woche. Ihre Entführer, wer auch immer sie waren, wussten, wie sie einem Gefangenen die Orientierung nehmen konnten. Das Essen kam unregelmäßig, und das brachte auch die Funktionen ihres Körpers durcheinander.

Das schwache Licht, das von weit oben kam, machte es ihr kaum möglich, etwas zu sehen, und die Helligkeit blieb immer gleich, außer wenn sie sie aufwecken wollten. Dann leuchtete das Licht so hell, dass ihre Netzhaut selbst hinter dem Schutz ihrer Augenlider schmerzte. Und sie ließen sie nie lange genug schlafen, um sich richtig zu erholen. Sie glaubte nicht, dass sie jemals mehr als zwei Stunden Schlaf am Stück bekommen hatte.

Piraten hatten sie auf ihrer letzten Schiffsreise

entführt. Ihr Schiff war zwar nichts Besonderes, aber es war dafür ausgelegt, Frachter durch drei Sternensysteme zu schleppen. Alles war eindeutig als Eigentum des Konsortiums gekennzeichnet, und Piraten legten sich in ihrem Teil des Weltraums nicht mit dem Konsortium an. Das erklärte wohl auch, warum sie ihre Fracht zurückgelassen und im Weltraum treiben ließen, und sich nur sie geschnappt hatten.

Sie war kein Eigentum des Konsortiums und ihr Arbeitgeber würde sich nicht die Mühe machen, sie zu zurückzuholen.

Es waren Momente wie diese, in denen Dorsey ihre Entscheidung von vor fünf Jahren, die Erde zu verlassen, in Frage stellte. Außer ein paar gute Bekannte hatte sie dort keine Bindungen. Keine Arbeit, keine Familie, keine Zukunft, aber wenigstens wurden die Menschen dort nicht von umherziehenden Sklavenhändlern entführt, während sie ihren täglichen Geschäften nachgingen.

Ihre Ohren zuckten bei den Geräuschen einer gewissen Unruhe auf dem Flur. Zumindest klang es wie ein Flur. Sie hatten Dorsey bewusstlos geschlagen, als sie sie entführten, und sie war in dieser winzigen Zelle aufgewacht. Ihr einziger Blick auf die Welt jenseits der Zelle war, wenn ihre Entführer ihr durch einen Schlitz in der Tür Essen und Wasser hineinschoben.

Füße schleiften über den Boden und jemand strampelte, aber es war alles zu weit weg, als dass sie etwas von dem, was gesprochen wurde, hätte verstehen können. Dorsey huschte zur Tür und drückte ihr Ohr an den Essensschlitz.

Obwohl sie ihr Ohr ganz fest an den Schlitz drückte, konnte sie nur hören, dass sich das Geräusch immer weiter entfernte. Sie hörte nur widerstrebende Schritte, bis ein lautes dumpfes Geräusch sie zurückschrecken ließ. Schritte hämmerten auf ihre Zelle zu, aber das verräterische Geräusch von Blasterschüssen hallte durch den Flur, und wer auch immer gerannt war, fiel mit einem schweren Schlag zu Boden.

Es folgten weitere, langsamere Schritte, und Dorsey erkannte, dass es sich dabei um die Besatzung des Schiffes handelte. Ihre Schritt waren so unverwechselbar, es war als hätten sie alle eine militärische Ausbildung. Als sie den Körper wegschleppten, wünschte sie sich, sie hätte genug Hebelkraft, um den Schlitz von innen zu öffnen und zu sehen, was vor sich ging. Auch wenn es keine Möglichkeit zur Flucht gab, wollte sie doch ihren Mitgefangenen sehen.

Niemand hat es verdient, an diesem Ort alleine zu leiden. Und selbst wenn sie ihm nur einen Blick schenken könnte, würde sie ihm diesen schenken.

Das Geräusch verschwand nicht ganz, und sie konnte es fast um die Wände ihrer Zelle herum verfolgen bis zur Rückseite, wo es wieder stärker wurde. Es musste auf beiden Seiten ihrer Zelle, einen Gang geben, was sie bisher noch nicht gemerkt hatte. Nach weiteren unruhigen Bewegungen hörte sie, wie sich eine Tür schloss und wie die Leute, die den Gefangenen transportiert hatten, sich entfernten.

Es war totenstill.

Sie hoffte, dass ihr Mitgefangener noch lebte. Jeder, der sich gegen ihre Entführer wehrte, war in ihren Augen ein Freund.

Mehr Zeit verging. Dorsey stand irgendwann auf und ging hin und her, aber die Zelle war so schmal, dass sie kaum zwei Schritte machen konnte, bevor sie sich wieder umdrehen musste. Wenn sie ganz eng an der Wand entlanglief, hatte sie den meisten Platz, aber sie fühlte sich trotzdem wie eine der eingesperrten Dschungelkatzen, die sie zuhause in Videos gesehen hatte. Sie konnte ihre Arme hoch über ihren Kopf strecken, ohne die Decke zu berühren, aber sie konnte sich nicht hinlegen und ihren Körper ganz ausstrecken, ohne die Wände zu berühren.

Sie hatte nichts außer den Kleidern an ihrem Körper, die sie warm hielten. Und diese Kleidung war kaum ausreichend. Zwei Taschen ihrer dunklen Cargohose waren eingerissen, so dass an diesen Stellen ihre Haut frei lag. Ihr langärmeliges Oberteil war perfekt in einem temperaturkontrollierten Cockpit oder unter einem Raumanzug. Aber an der Luft bekam sie Gänsehaut unter dem Shirt aus einer Baumwoll-Synthetik-Mischung.

Zuerst war sie froh gewesen, dass sie der neuen Frisurenmode, die auf ultrakurzes Haar setzte, widerstanden hatte, aber Dorsey konnte spüren, wie sich ihre schwarzen Strähnen verknoteten und verfilzten. Die

Haare hielten ihren Nacken kaum noch warm und es würde höllisch wehtun, sie auszukämmen, wenn sie hier rauskam.

Weil sie *auf jeden Fall* hier rauskommen würde. Sie hatte die Erde nicht verlassen, um als Sklavin zu enden.

Ein Klopfen an der Wand erregte ihre Aufmerksamkeit und sie erstarrte. Der hohle Ton hallte durch ihre Zelle, viel lauter als er eigentlich hätte sein sollen. Sie konnte kaum atmen, weil sie fürchtete, der Lärm würde die Wachen herbeirufen.

Sie hatten ihr bisher nicht viel angetan, aber sie wollte ihnen nicht ohne Plan entgegentreten. Das wäre Selbstmord.

Aber es waren keine Schritte zu hören, und sie erkannte, dass das Geräusch aus der inneren Ecke des Raumes kam. Durch die dicken Wände der Zelle und den langen Gang, der da draußen sein musste, konnten sie wahrscheinlich nichts hören.

Es gab ein weiteres Klopfen und drei Sekunden später ein drittes.

Der Mann, den sie weggeschleppt hatten.

Sie wusste nicht, warum sie dachte, es sei ein Mann. Bei vielen außerirdischen Rassen war das Geschlecht schwer zu unterscheiden. Aber sie schob diesen Gedanken beiseite. Das Geschlecht, dem sich ihr Mitgefangener zugehörig fühlte, spielte keine Rolle. Was zählte, war, dass er eventuell noch am Leben war.

Dorsey machte einen großen Schritt und neigte ihr Ohr zu dem kleinen Lüftungsschlitz an der Decke. Wenn sie sich auf die Zehenspitzen stellte, konnte ihn gerade eben mit den Fingern erreichen, aber er war nicht einmal so breit wie ihre Handfläche und als Fluchtweg nicht geeignet.

Aber das war nicht der Grund, warum sie ihn sich jetzt genauer ansah. Nein, jetzt glaubte sie fast, das Geräusch eines anderen Wesens zu hören, das angestrengt atmete. Sie ballte ihre Finger zu einer festen Faust und schlug sie erst einmal, dann ein zweites Mal gegen die Wand.

Und die Wand klopfte zurück.

„Geht es dir gut?", fragte sie. Wenn sie seinen Atem hören konnte, konnte er sie vielleicht auch hören. Und vielleicht müsste sie dann nicht allein von diesem Ort fliehen.

3
KAPITEL DREI

Ging es ihm gut?

Ty konnte sich kaum in einer sitzenden Position halten und stützte sich mit dem Rücken an der Wand ab. Die Blaster hatten ihm übel mitgespielt, und diese verdammten Sklavenhändler hatten mehr als nur ein paar Schüsse abgegeben, während er bewusstlos war. Seine Rippen waren wie durch ein Wunder nicht gebrochen, aber er würde bis zu seinem Todestag blaue Flecken haben.

Nein. Daran wollte er nicht denken. Wenn er sich diesem Gedankenkarussell hingab, würde er diese Leute niemals besiegen. Und er wusste, dass er es nicht allein schaffen konnte. Er hatte einen Blick auf die Räume geworfen, als sie begannen, ihn durch das Schiff zu schleifen, aber es waren nicht die üblichen Tierkäfige, die er auf anderen Sklavenschiffen gesehen hatte. Das verschaffte ihm ein wenig Privatsphäre, was er zu schätzen wusste, aber es bedeutete auch, dass er einen Weg finden musste, mit den anderen Gefangenen zu kommunizieren.

Und reden war so viel einfacher als klopfen.

„Ich lebe", rief Ty auf Interstellar Common zurück und zuckte zusammen, als die Luft in seiner Lunge gegen seine Rippen drückte. Er presste einen Arm an seine Seite und biss die Zähne zusammen. Seine Rippen *waren nicht* gebrochen und er sprach weiter, um das zu beweisen. „Obwohl ich jetzt lieber an einem Strand wäre, mit einem gekühlten Drink und der schönsten Frau der Galaxie."

„Oh." Diese eine Silbe hatte etwas, das Ty nicht definieren konnte und einen winzigen Hauch von Belustigung. „Ich bin Dorsey und ich habe keine Drinks. Und die andere Sache ..." Sie lachte.

„Mein Name ist Ty", er hätte seinen vollen Namen genannt, aber jedes Wort, das er sprach, brannte heftig an den Stellen, wo die Prellungen waren.

„Bist du ein Mensch?" Dorseys Tonfall brachte Ty dazu, sich etwas aufrechter hinzusetzen und zu lächeln. In ihrer Stimme lag ein Licht, wie er es noch nie gehört hatte. Nach diesen wenigen Worten wusste er bereits, dass er alles tun würde, um sie von diesem Schiff weg in Sicherheit zu bringen, bevor es zu spät war. Vielleicht würde ihn eine letzte gute Tat in ein glückliches Leben nach dem Tod befördern.

Aber er musste ihr antworten. „Detyen": Normalerweise wurde eine solche Frage nicht so unverblümt gestellt, aber normalerweise unterhielten sich die Gefangenen auf einem Sklavenschiff auch nicht durch einen Lüftungsschlitz. Anpassungen des üblichen Vorgehens waren hier durchaus angebracht.

„Ich glaube nicht, dass ich schon einmal einem Detyen begegnet bin", antwortete sie. „Hast du irgendwelche netten Tricks, um uns hier rauszuholen?"

Jetzt lächelte Ty tatsächlich. „Leider wurden alle Superkräfte vor langer Zeit aus meiner Spezies herausgezüchtet."

Ein schwerer Atemzug, der auch ein Lachen hätte sein können, drang durch den Luftschacht. „Verdammt, dann müssen wir es wohl auf die altmodische Art machen."

Aus der Ferne kam ihm der Gedanke, dass seine Entführer sie in dieser Zelle platziert haben könnten, um ihm falsche Hoffnungen zu machen oder seine Pläne zu durchkreuzen. Aber in ihrer Stimme lag Ehrlichkeit, und Ty hatte nichts zu verlieren. Sie hatte nicht genug Zeit, um ihn zu verraten.

Ty sah sich in seiner Zelle um. Das Licht von der Decke war kaum ausreichend, und was er sehen konnte, war mehr als spärlich. In der Zelle gab es nichts, was als Waffe dienen konnte. Außer ihm selbst befand sich nichts in der Zelle. Es gab weder ein Bett noch einen Stuhl, und die solide Tür bedeutete, dass es keine Gitterstäbe gab, die man herauslösen konnte. Er fuhr mit seinen Händen über jeden Zentimeter der Wand, den er erreichen konnte, aber sie war völlig eben.

„Ist deine Zelle auch leer?", fragte er Dorsey und presste seinen Kiefer wegen des Schmerzes in seinen Rippen zusammen.

„Positiv", rief sie zurück. „Und alle Mahlzeiten werden auf einer Art sich selbst vernichtenden Tellern angeliefert. Sie halten nur ein paar Minuten, dann zerfallen sie mehr oder weniger zu Staub".

Das war nicht hilfreich. „Bist du schon lange hier?" Er lehnte sich gegen die Wand, um seine Beine auszuruhen. Die Entführer waren nicht nett mit ihm umgegangen, und er wollte schlafen, aber er hatte Angst, auch nur einen Moment zu verlieren.

„Nicht allzu lange, glaube ich", aber sie klang nicht sicher. „Sie sorgen dafür, dass man das Zeitgefühl verliert."

Natürlich taten sie das. Desorientierte Häftlinge waren fügsamer.

Ty massierte sich die Fingerknöchel, während er und Dorsey sich unterhielten. Sie erklärte, wie die Wächter kamen und was sie taten. Ihrer Erfahrung nach standen sie nicht vor den Zellen Wache, wenn sie ihr nicht gerade Essen brachten oder mit dem Schlauch kamen, um sie abzuduschen und die Zelle zu reinigen.

Und er glaubte nicht, dass sie sie in den Zellen hören konnten. Eine Rebellion unter den Gefangenen zuzulassen, war die Garantie für eine Katastrophe. Wenn die Wachen sie hören könnten, wären sie schon gekommen und hätten sie zum Schweigen gebracht.

Zumindest hoffte Ty, dass dies der Fall war. Er

wusste, dass er sich sehr auf seinen Instinkt verließ und auf das Wissen, dass sie ihm nicht lange etwas antun konnten.

Aber sie könnten Dorsey wehtun.

Es dauerte lange, bis sie wieder etwas sagte. „Ich glaube, sie werden bald Essen bringen."

„Woher weißt du das?" Wenn sie nicht in festen Zeitabständen kamen, gab es keine Möglichkeit, das zu wissen.

„Ich werde langsam hungrig, und sie haben mich bisher nicht hungern lassen."

Sie hatte recht. Einige Minuten später hörte er Schritte vor seiner Zelle, und als sie stehen blieben, öffnete sich der Schlitz an der Unterseite der Tür. Er konnte nicht nach draußen auf den Flur sehen; die Sicht war durch eine dunkel behandschuhte Hand blockiert, und eine Schüssel mit einem unappetitlichen Eintopf und ein separater kleiner Behälter mit Wasser wurden hereingeschoben.

Da Dorsey ihn nicht vor dem Essen gewarnt hatte, trank Ty das Wasser schnell aus und aß den Eintopf, bevor sich sein Teller auflöste. Er begann in seinen Händen zu zerbröseln, bevor er richtig zu Ende gegessen hatte.

„Kommen sie immer so?", fragte er sie.

„Bis jetzt schon", bestätigt sie.

„Ich denke, damit kann ich arbeiten."

———————

Einige Zeit nach dem Essen sagte Ty ihr, sie solle schlafen. Dorsey mochte seine Stimme. Er klang nicht wie die Menschen, die sie kannte, oder wie die Männer zu Hause. Seine Worte hatten etwas Raues und Tiefes, und einen ungewöhnlichen Rhythmus. Nicht nur rau, sondern auch selbstbewusst.

Sie hoffte, dass er sie nicht hereinlegen wollte. Sie wusste, dass die Sklavenhändler, die sie gefangen genommen hatten, ein Spiel mit ihr treiben könnten, aber Dorsey wusste nicht, warum sie das tun sollten. Na ja, außer vielleicht aus purem Sadismus. Und wenn das der Grund für ihr Handeln war, konnte sie nichts dagegen tun.

Sie wollte Ty vertrauen. Sie wollte nach Hause. Und wenn er einen Plan hatte, der das möglich machte, würde sie ihm folgen. Das Schlimmste, was passieren konnte, war der Tod, und sie würde lieber auf der Flucht sterben als eine Sklavin zu sein.

Der Schlaf wollte nicht kommen. Sie konnte sich nicht genug bewegen, um die Energie, die sie durchströmte, zu verbrennen, und sie war aufgeregt. Ty gab ihr Hoffnung, ein unerwartetes Stück Freude in dieser antiseptischen Zelle. Und sie hatte Angst, dass sie, wenn sie einschlief, aufwachen und feststellen würde, dass er nur ein Traum gewesen war.

Dorsey rollte sich in der Ecke zusammen und neigte den Kopf zum Lüftungsschacht. „Bist du noch wach?", fragte sie.

Er reagierte einige Augenblicke lang nicht, und

Dorsey dachte, dass er entweder schlief oder dass sie zu leise gesprochen hatte. Aber dann antwortete Ty: „Ich habe dir gesagt, du sollst schlafen." Er war hellwach.

„Du wirst immer noch hier sein, wenn ich aufwache, oder?" Sie hasste es, so verletzlich zu sein, aber mit diesem nagenden Gedanken im Hinterkopf einzuschlafen würde ihr nur Albträumen bescheren.

„Ich verspreche es."

Sie glaubte ihm. Und mit seinem Versprechen im Hinterkopf schloss sie die Augen. Diesmal kam der Schlaf schnell und ihre Erschöpfung hielt die Träume in Schach. Sie konnte kaum klar denken, wenn sie wach war; sie konnte sich nicht auf ihre Träume konzentrieren.

Als sie durch ein Klappern vor ihrer Zelle geweckt wurde, fühlte sie sich zwar nicht ausgeruht, aber sie hatte besser geschlafen als bisher während ihrer Gefangenschaft. Eine der Wachen schlug so lange an die Zellentür, dass selbst ein Toter aufgewacht wäre. Dann schoben sie die magere Essensration hinein und ließen sie wieder alleine.

Es hatte sich nichts geändert.

Da sie nicht wusste, ob die Wachen noch in Hörweite waren, hatte Dorsey Angst, mit Ty zu sprechen. Stattdessen klopfte sie zweimal gegen die Wand. Sie atmete erleichtert auf, als er ebenfalls klopfte.

Er war echt. Er war immer noch da.

Sie zog das Tablett, das man ihr in die Zelle geschoben hatte, zu sich heran und aß hungrig das Essen mit den Fingern. Es war ein geschmackloser labbriger

Brei, aber er füllte ihren Magen. Sie trank gierig das Wasser, leckte ein wenig über ihre trockenen Lippen und hatte immer noch Durst, als sie fertig war. Sie hatten ihr diesmal weniger zu essen gegeben. Sie wusste nicht, ob das ein gutes oder ein schlechtes Zeichen war, und sie hätte auch nicht sagen können, wie gute oder schlechte Zeichen von ihren Entführern ausgesehen hätten.

Einige Minuten später sprach Ty. „Halte dich bereit." Sie hielt den Atem an und wartete auf mehr, atmete aber wieder aus, als sie merkte, dass Ty nichts mehr sagen würde. Sie klopfte zur Bestätigung und setzte sich mit dem Rücken an die Wand.

Die Zeit verging langsam. Dorsey zeichnete Muster in den Staub auf dem Boden ihrer Zelle. Sie hatte die Muster fast ein Dutzend Mal weggewischt und neu gezeichnet und arbeitete gerade an einem, das einen halben Meter breit war, als Ty dreimal gegen die Wand klopfte.

Bevor sie etwas sagen konnte, hörte sie, wie eine der äußeren Türen geöffnet wurde.

Dorsey wartete, aber sie gingen an ihrer Zelle vorbei und weiter um die Ecke zu Tys Zelle. Sie presste ihr Ohr an die Wand, konnte aber nicht viel mehr als ein schmerzliches Grunzen und dumpfe Schläge wahrnehmen, als die Entführer bei ihm angekommen waren.

Sie stand auf, bereit für das, was auch immer kommen würde , und dann verstummten die Kampfgeräusche. Dann hörte sie Schritte, die in ihre Richtung kamen. Dorsey hoffte von ganzem Herzen, dass es Ty war und dass er sich nicht gerade mit dem Versuch, ein Held zu sein, umgebracht hatte. Als sie nur die Schritte einer Person auf dem Flur hörte, machte sie sich bereit. Zwei Wachen waren zu ihm gegangen.

Mit einem Zischen und Klicken öffnete sich das Schloss der Tür, und eine blaue Hand mit bösartig aussehenden Klauen, die aus den Knöcheln wuchsen, erschien und riss die Tür vollständig auf.

Sie konnte nur kurz einen Blick auf ihn werfen, bevor er ruckartig in den Gang zurückwich und von einem Laserstrahl im Gesicht getroffen wurde, worauf hin er zu Boden fiel. Dorsey sprang zu ihm und zog ihn weit genug in die Zelle hinein, damit er nicht weiter eine Zielscheibe war. Die Tür begann sich zu schließen, aber sie konnte sie aufhalten, bevor sie erneut in der Falle saßen.

Schritte kamen auf sie zu. Halb in der Zelle und halb draußen hatte Dorsey zwar Deckung vor Blasterschüssen, aber sie hatte nur wenig Bewegungsspielraum. Sie wich so gut es ging zurück und fühlte sich schuldig, weil sie Ty im Grunde als Köder zurückgelassen hatte. Aber sie hatte nur einen Versuch, und die scharfen, blutverschmierten Klauen, die aus Tys Händen schossen, waren eine Gefahr für sie, solange er nicht bei Bewusstsein war.

Die Schritte kamen näher und Dorseys Herz schlug doppelt so schnell wie normal. Ihre Adern brummten vor Energie und sie fuhr wie eine Spirale hoch in einer fast selbstmörderischen Bewegung, sobald der Schatten des außerirdischen Wächters auf Ty fiel. Sie stieß die Tür auf und stürzte sich auf ihn, wobei sie blindlings nach dem

Blaster des Außerirdischen griff und darauf vertraute, dass er da sein würde.

Mit einem Ruck drehte sie sich um und fühlte das kleine Metallgerät in ihrer Hand. Sie zog die Waffe heraus und feuerte erst auf den Außerirdischen und dann hinter ihn , ohne zu wissen, ob da noch Freunde von ihm in Deckung lagen. Als niemand das Feuer erwiderte, wusste sie, dass sie für den Moment in Sicherheit waren.

Insgesamt hatte das alles weniger als zwei Sekunden gedauert.

Dorsey steckte den Blaster in eine ihrer Hosentaschen, schaute nach unten und sah, dass Ty langsam anfing, sich zu rühren, während der Schock des Schusses nachließ. Mit einem Stöhnen bewegte er eine Hand, um seine Augen zu bedecken, und seine seltsamen Krallen zogen sich langsam zurück.

Für den Moment waren sie sicher, aber es war nicht abzusehen, wie lange das so bleiben würde.

In der Zeit, die Ty brauchte, um richtig zu sich zu kommen, stahl Dorsey sich eine Sekunde, um ihren Mitausbrecher zu studieren. Vielleicht war es nur das Adrenalin, das sie durchströmte, aber es wurde ihr heiß, und ihr Inneres krampfte sich zusammen, als sie ihn neugierig anschaute.

Verdammt, er sah gut aus.

Ty war mindestens eins achtzig groß, mit breiten Schultern und Muskeln, die derzeit von locker sitzender dunkler Kleidung verdeckt wurden. Er hatte die Proportionen eines Menschen, mit der richtigen Anzahl von Armen und Beinen in der richtigen Länge und am richtigen Ort, aber das Blau seiner Haut und die seltsam gefleckten Markierungen, die sie durch einen Riss in seinem Shirt erblickte, verrieten ihr, dass seine Vorfahren von einem fernen Planeten stammten. Und dazu kamen noch die tödlichen Klauen.

Er nahm seine Hand von den Augen, und Dorsey musste einen Schrei unterdrücken. Die Augen eines Dämons, hätte ihre Mutter gesagt. Sie leuchteten rot und schwarz und glühten förmlich von den Emotionen, die ihn durchströmten. Die Augen und seine Klauen hätten sie eigentlich erschrecken müssen, aber sie wollte die Hand ausstrecken und seine Wange berühren, mit dem Daumen über seine volle Unterlippe fahren und dann selbst eine Kostprobe nehmen.

Aber ihre Wünsche mussten warten. Sie unterdrückte sie so gut sie konnte und verschloss sie fest unter Schichten von Disziplin und Überlebensinstinkt.

Zwischen seinen rubinroten Augen erblühte eine böse Prellung, und das musste wehtun. Außerdem starrte Ty über ihre Schulter hinweg, sein Blick ging ins Leere. Als er sich aufrappelte, stolperte er gegen die Tür und stützte sich mit einer Hand an der Wand ab, um nicht hinzufallen.

„Kannst du sehen?", fragte sie, während sie einen Arm ausstreckte, bereit, ihn aufzufangen. Er hatte direkt an ihr vorbeigeschaut und war fast durch die Türöffnung gefallen.

Ty blinzelte mehrmals und bewegte den Kopf, als ob er versuchen würde, sich Wasser aus den Ohren zu schütteln. „Im Moment ist alles ein bisschen ... düster."

Er war blind.

Dorsey trat ganz in den Flur hinaus und sah in beide Richtungen. Er war hell erleuchtet, aber es gab keine Fenster. Auf einem Raumschiff bedeutete das nichts. Sie könnten sich an der Außenhülle, nah am Vakuum des Weltraums, oder im innersten Korridor befinden.

„Kannst du gehen?" Es kam schärfer rüber, als sie beabsichtigt hatte, aber sie musste wissen, wozu er in der Lage war. Er hatte ihnen diese Chance zur Flucht verschafft, und sie wollte sie nicht ungenutzt verstreichen lassen. Aber sie würde nicht einmal daran denken, ihn zurückzulassen.

Ty nickte einmal, seine Lippen, ein dunkleres, fast azurfarbenes Blau, waren zusammengepresst. „Mir wird es wieder gutgehen, sobald ich etwas Regenerationsgel in die Hände bekomme", sagte er, und meinte damit das Rückgrat der interstellaren Ersten Hilfe. Das dicke Gel konnte die meisten Verletzungen eines Raumfahrers heilen oder ihn lange genug am Leben erhalten, um einen Arzt zu erreichen.

Sie nahm ihn beim Wort, zog den Blaster aus ihrer Tasche und griff mit ihrer freien Hand nach seiner. „Folge mir, ich glaube der Ausgang ist in diese Richtung." Sie schloss die außerirdische Wache in ihrer ehemaligen Zelle ein und führte Ty den Korridor entlang, wobei ihr Herz wie wild in der Brust klopfte. Jedes kleine Geräusch

— und Schiffe hatten die unangenehme Angewohnheit, zu knarren und zu ächzen — ließ sie fast aus ihrer Haut springen. Aber sie musste sich zusammenreißen. Für Ty. Und für sich selbst.

Seine Hand war warm, und Dorseys Haut kribbelte förmlich. Sie spürte, wie die Berührung in ihr nachhallte, und wieder einmal packte sie das verrückte Verlangen, ihn an sich zu ziehen, bis Haut an Haut lag und er ganz heiß und vollständig in ihr war.

Was zum Teufel war mit ihr los?

Erst als sie spürte, wie sich Tys Muskeln unter ihren Fingern anspannten, wurde ihr bewusst, wie fest sie seine Hand gedrückt hatte. Sie lockerte ihren Griff und begann, ihn langsam den Gang hinunter zu führen, wobei sie auf mögliche lockere Trümmerteile achtete, die die Laserschüsse verursacht haben könnten.

Sie erreichten das Ende des Flurs, und Dorseys Rücken war vor Anspannung so fest wie ein Dortanisches Siegel, aber sie hörte nicht, dass ihre Wachen Alarm auslösten. Sie und Ty hatten schnell zugeschlagen, und es waren nicht mehr als drei Minuten vergangen, seit er aus seiner Zelle ausgebrochen war.

Am Ende des Flurs blieb sie stehen, als sie die Tür entdeckte. „Da ist eine Tastatur und eine Art Biosensor", sagte sie zu Ty und fungierte als seine Augen. „Du bist nicht zufällig ein supertoller Hacker?" Wenn man sie ins Cockpit eines Schiffes setzte, konnte sie fliegen, aber das war ihre einzige Begabung.

Ty stieß ein kleines Lachen aus und Dorsey musste

die Zähne zusammenbeißen bei dem Ansturm der Gefühle, mit denen ihr Körper reagierte. Schied dieser Kerl Pheromone oder so etwas aus? Sie hatte noch nie so auf jemanden reagiert, und ganz sicher nicht bei den menschlichen Männern, die als Ziel ihrer Begierde viel passender gewesen wären. Mit Außerirdischen war es viel komplizierte, selbst mit solchen, die sie nackt ausziehen und von Kopf bis Fuß ablecken wollte.

Seine Hand wurde fester in ihrem Griff und sie fragte sich, ob er genauso auf sie reagierte. Aber als er sprach, war sein Ton vollkommen professionell, ohne auch nur den Hauch eines schmutzigen Gedankens. „Ich habe weder das nötige Werkzeug noch die Sehkraft, um das Schloss zu knacken", sagte er mit einem Anflug von Enttäuschung über sich selbst. „Außerdem lassen meine so genannten Hacking-Fähigkeiten zu wünschen übrig."

So ein Mist. Ob es nun an ihren Nerven oder an ihren überempfindlichen Sinnen lag, sie konnte fast Schritte auf dem Gang draußen hören. Sie hatten nicht viel Zeit, und wenn sie in diesem Gang entdeckt würden, würden sie entweder zurück in ihre Zellen geworfen oder innerhalb von Sekunden getötet. Sie holte tief Luft und drückte ihre Hand gegen die Hülle des Ganges, um ein Gefühl für die Größe des Schiffes zu bekommen und ein Gefühl dafür, wo genau sie sich darin befanden.

„Schieß einfach mit deinem Blaster auf das Schloss", sagte Ty, als sie verstummte.

Dorsey ignorierte ihn und legte ihre andere Hand an die Wand. Es gab ein Gefühl von Raum jenseits des

Metalls. Nicht das kalte, tödliche Vakuum jenseits des Schiffes, sondern ein Korridor oder ein Lüftungsschacht. Sie blickte zurück in den Flur und dann nach oben, um die sich kreuzenden Balken aus Plaststahl, einem nicht-metallischen ultrastarken Material, oben an der Decke anzusehen.

„Dorsey ...“

„Ich weiß, auf was für einem Schiff wir sind.“ Einem Frachter der Serie Y14 J. Sie gehörten zu den am weitesten verbreiteten großen Schiffen und waren schon seit Jahrzehnten auf dem Markt. Die Zellen waren bei einer Nachrüstung eingebaut worden, aber eine Nachrüstung konnte die Grundstruktur eines Schiffes nicht verändern.

„Woher weißt du das?“, fragte er, nicht zweifelnd, sondern neugierig.

Dies war ihre Welt. „Ich fliege seit fünf Jahren Frachter. Das ist nur eine Nachrüstung, und noch dazu eine billige.“ Und jetzt, da sie wusste, auf was für einem Schiff sie sich befanden, wusste sie auch, wie sie rauskamen. Sie fuhr mit der Hand über die von der Tür ausgehenden Paneele. Sie waren etwas mehr als einen Meter hoch und einen Meter breit und reichten vom Boden bis zur Decke.

Ein hohles Geräusch auf ihr Klopfen am dritten Paneel wies ihr den Weg nach draußen. Sie tastete nach oben, bis sie den versteckten Riegel fand, mit dem sie das Paneel öffnen konnte. Auf einem Schiff wie diesem war fast jeder Zentimeter des Raums über die versteckten Wandpaneele zugänglich, aber die meisten Frachtführer vergaßen sie und sicherten sie deshalb auch nicht. Sie spähte in den engen Lüftungsschacht und musterte Ty. Es würde eng werden, aber er würde es schaffen. „Komm weiter", sagte sie, während sie ihn sanft hineinzog und ihn rückwärts in die entgegengesetzte Richtung schob. Sie blieb noch einen Moment zurück, um das Paneel hinter ihnen wieder zu sichern, und kroch dann vor ihm her. „Ich bringe uns zur Krankenstation."

„Kannst du uns zu einem anderen Schiff bringen?", fragte er, und seine Worte umgaben sie durch das Echo im Schacht.

„Aber deine Augen ..." Sie wollte keine bleibenden Schäden riskieren, nicht wenn er verletzt worden war, weil er ihr geholfen hatte.

Ty war unnachgiebig. „Jedes Schiff, in das wir beide passen, hat einen Erste-Hilfe-Kasten. Ich brauche nur etwas Regenerationsgel. Wenn wir uns nicht beeilen, werden sie uns erwischen. Also. Kannst du uns zu einem anderen Schiff bringen?"

„Ja." Es gefiel ihr nicht, aber er hatte recht.

Sie führte ihn ohne weitere Widerrede zum Hangar. Ein Schiff von der Größe eines Y14 konnte eine begrenzte Anzahl kleinerer Schiffe mitführen, in der Regel mindestens einen Kurzstreckenkreuzer für den Transport zwischen dem Schiff und einem Planeten, und eine Handvoll Schiffe mit größerer Reichweite, für den Fall, dass das Schiff aufgegeben werden musste.

Das Kriechen durch den Lüftungsschacht dauerte nicht lange. Als Dorsey die ihrer Meinung nach richtige

Stelle gefunden hatte, drückte sie ihr Ohr an die Wandplatte und lauschte. Es klang nicht so, als ob jemand auf sie warten würde. Jemand, der nicht durch die Schächte ging, würde viel länger für den Weg brauchen, und sie hoffte, dass ihre Entführer zuerst andere, wahrscheinlichere Fluchtwege kontrollierten.

Dorsey öffnete die Platte und schaute kurz hinaus, bevor sie Ty hinunter auf den Boden half. Wie sie vermutet hatte, standen ein Kurzstreckenschiff und drei Schiffe mit größerer Reichweite ordentlich in Reih und Glied, bereit, gestohlen zu werden. Sie ergriff Tys Hand und zog ihn durch den Raum, blieb vor einem der Schiffe mit größerer Reichweite stehen und las die neben einer Mechanikerstation ausgedruckte Schiffsdiagnose.

Das würde gut passen.

Sie öffnete die Tür, führte Ty hinein und fand den Erste-Hilfe-Kasten mit dem Regenerationsgel. „Benutze es", sagte sie ihm. „Ich bin in drei Minuten zurück."

Er packte ihr Handgelenk mit der Geschicklichkeit eines Sehenden. „Bleib hier, wir müssen los."

Dorsey befreite sich aus seinem Griff. „Wenn ich die anderen Schiffe nicht ausschalte, werden wir nie entkommen. Der Frachter ist nicht schnell, aber jedes der kleinen Schiffe wird uns einholen können. Es dauert nur eine Minute, ein Schiff von innen auszuschalten, wenn man weiß, was man tut."

Einen Moment lang dachte sie, er würde widersprechen. Stattdessen ergriff er noch einmal ihre Hand, diesmal sanft, küsste ihre Handfläche und ließ sie los.

Dorsey dehnte ihre Hand, der Abdruck seiner Lippen brannte sich in ihre Nervenenden ein. Oh, wenn sie nicht um ihr Leben laufen würden, hätte sie ihn in einer Sekunde nackt ausgezogen.

Sie schüttelte den Kopf. Es war nicht der richtige Zeitpunkt dafür.

Wie versprochen, brauchte sie drei Minuten, um die Startsysteme der Schiffe zu deaktivieren. Es würde nicht lange dauern, sie zu reparieren, vielleicht höchstens eine Stunde, aber es würde ihnen genug Zeit geben, um zu entkommen, und das war alles, was sie im Moment brauchten.

Dorsey rannte zurück zum Schiff, das sie für die Flucht ausgewählt hatte, und fand Ty in der kleinen Küche sitzend vor, seine Augen mit einer dicken Schicht Regenerationsgel bedeckt. Sie schloss die Tür hinter sich. „Anschnallen. Ich bringe uns hier raus."

Ty ließ sich das nicht zweimal sagen. Während er sich anschnallte, kletterte sie in das Cockpit und fuhr das Schiff hoch. Es schaltete sich mit einer Leichtigkeit ein, die darauf hindeutete, dass die gesamte Maschinerie der Entführer gut gewartet wurde. Aus einer Ahnung heraus klappte sie die Luke auf, die die Navigationsverkabelung verdeckte. Im Herzen des Navigationssystems fand sie einen Tracker. Es dauerte eine weitere kostbare Minute, um ihn herauszuholen, ohne das System zu beschädigen, aber sie wollte nicht riskieren, ihre Koordinaten an den Feind weiterzugeben, dem sie gerade entkommen wollten.

Dann zündete sie die Triebwerke und wollte den Weg Richtung Luftschleuse nehmen.

„Abflugsequenz aktiviert, bitte Sequenzcode eingeben."

Dorsey unterdrückte einen Fluch, als die wohlklingende Stimme des Computers das Cockpit erfüllte. Sie gab den Standard-Abflugcode des Konsortiums ein und hoffte, dass das Schiff nach dem Galaktischen Standard arbeitete. Der Warnton sagte ihr, dass ihre Glückssträhne vorbei war.

„Bitte Triebwerke ausschalten und Sequenzcode erneut eingeben."

Von wegen.

Dorsey lud die Blaster-Kanone des Schiffes und zielte auf die Luftschleuse. Der Blaster war nicht stark genug, um ein Loch in den Rumpf zu schießen, aber er könnte gerade genug Schaden anrichten, um die Luftschleuse zu zerstören. Sie sprach ein Gebet zu den Göttern ihrer Mutter und feuerte, wobei das grüne Licht des Blasters sie kurzzeitig blendete.

Eine Sirene heulte, ihre Flucht war kein Geheimnis mehr.

Aber Dorsey hatte keine Zeit, sich darüber Gedanken zu machen. Die Luftschleuse löste sich und die Türen öffneten sich mit ruckartigen Bewegungen, die ihnen die Freiheit versprachen. Sie zwang sich, so lange zu warten, bis sich die Türen weit genug geöffnet hatten, um ihnen die Flucht zu ermöglichen. Ihr Schiff zu beschädigen, weil sie vorschnell handelte, würde ihnen nicht helfen.

Eine Ewigkeit später waren die Türen weit genug geöffnet, und sie schoss hindurch, wobei sie sofort zu Ausweichmanövern ansetzte, um sowohl der Gefangennahme als auch dem feindlichen Feuer zu entgehen. Sie wärmte den Hyperantrieb des Schiffes vor und gab die Koordinaten eines verbündeten Planeten des Konsortiums ein, den sie gut kannte. Der kriegsbegeisterte Planet verfügte über eine der stärksten Weltraumverteidigungen, und wenn ihre Angreifer nicht mit einem der Warlords verbündet waren, würden sie sofort abgeschossen.

Erst als sich der Hyperantrieb einschaltete und der Computer den Frachter nicht mehr orten konnte, erlaubte sie sich, aufzuatmen. Ihre Hände zitterten und ihr Magen rebellierte, als sie daran dachte, was ihnen hätte passieren können. Wie lange hatten sie sie dort gefangen gehalten? Warum hatten sie sie entführt? Und würden sie wiederkommen?

Sie sah zu dem Nav-Tracker hinüber, der unschuldig auf dem Boden lag. Da er vom Navigationssystem getrennt war , hätte es sicher sein sollen. Aber sie wollte kein Risiko eingehen. Sie schnallte sich vom Pilotensitz ab und hob ihn auf. Dorsey warf ihn auf den Boden und stampfte darauf herum, wobei sie spürte, wie das zerbrechliche Plastik bei jedem Tritt in mehr winzige Stücke zerbrach.

Sie wusste nicht, wie lange sie mit der Zerstörung des Trackers beschäftigt gewesen war, aber als sie schließlich aufhörte, atmete sie schwer und spürte, dass sich ein feiner Schweißfilm auf ihren Armen gebildet hatte. Sie hörte es mehr als dass sie die Bewegung an der Tür sah und blickte auf. Ty beobachtete sie, das Regenerationsgel war nicht mehr auf seinen Augen. Diese Rubine starrten sie hungrig an, und die Lust, die sie auf dem Schiff gespürt hatte, überkam sie, und ihre Wirkung verdreifachte sich, jetzt, da sie vorübergehend außer Gefahr waren.

„Frustriert?" Er zog eine Braue hoch, und als er sprach, sah sie Eckzähne, die schärfer waren als menschliche Zähne. Reißzähne und Krallen. Die animalischen Züge hätten ihr Angst machen müssen. Stattdessen wollte sie sehen, was er sonst noch verbarg und seine Kraft unter ihr, über ihr, in ihr spüren.

Dorsey lächelte und ließ die Hitze in ihre Augen sinken. „Ich möchte keine ungebetene Gesellschaft haben."

Ty starrte sie an, ohne ein Wort zu sagen, aber seine Nasenflügel blähten sich auf und sie wusste, dass sie mit ihren Gefühlen nicht allein war. Er wollte sie auch.

4
KAPITEL VIER

Denya.

Der Schock dieser Erkenntnis durchfuhr ihn, und Ty machte einen halben Schritt vorwärts, bevor er begriff, was er tat. Bevor ihm klar wurde, dass er immer noch blind sein musste. Eine menschliche Denya? Unmöglich.

Sie stand vor ihm, die braunen Hände in die Hüften gestemmt, in einer trotzigen Haltung. Lockiges Haar stand von ihrem Kopf ab und verlieh ihr durch das Licht der Konsole hinter ihr einen Heiligenschein in dunklen und hellen Brauntönen. Ihre Augen waren strahlend und dunkel, mit diesen seltsamen weißen Anteilen, wie es typisch für die Menschen war.

Und er wollte an ihren Kinn entlang küssen und ihren Hals hinunter, dorthin, wo der Puls mit voller Inbrunst in ihrem Hals schlug. Sein Schwanz regte sich und erinnerte ihn daran, dass er lebendig und heil war.

Nun, mehr oder weniger heil. Es war unmöglich, dass

seine Augen vollständig geheilt waren. Denn gerade jetzt spielten sie ihm einen schrecklichen Streich. Dorsey war ein Mensch. Sie konnte nicht seine Denya sein. Die einzige Frau im Universum, die sein Leben retten, seine Gefährtin sein konnte, war eine Detyen, falls es sie überhaupt gab. Und da ihm weniger als eine Woche bis zu seinem Tod blieb, wusste er, dass Verzweiflung und Hoffnung ihm vorgaukeln mussten, dass Dorsey die richtige Gefährtin für ihn war.

Und wenn das Feuer in ihren Augen ein Hinweis war, wollte sie ihn auch.

Er machte einen Schritt in den Raum hinein, so dass er sich in Reichweite von Dorsey befand. Wenn er nur seine Hand ausstreckte, konnte er ihre Wange berühren und fühlen, ob sie so weich und zart war, wie sie aussah.

„Glaubst du, dass wir verfolgt werden?", fragte er und versuchte, normal zu klingen.

Dorsey schüttelte den Kopf. „Sie können FTL - Überlichtgeschwindigkeit - nicht erreichen. Unsere größte Sorge ist, dass eine Suchmeldung nach diesem Schiff rausgeht, bevor wir es loswerden können." Sie leckte sich über die Lippen, bis sie rosa schimmerten, und sah ihm in die Augen.

Ty schluckte, der Puls des Verlangens wurde stärker, härter. Wenn dies eine falsche Hoffnung war, wollte er die Wahrheit nie erfahren.

Er trat dicht an sie heran, so dass sich ihre Körper von vorne berührten, und fuhr mit den Fingerspitzen über den dunklen Stoff, der ihren Arm bedeckte, und legte seine Hand auf ihre Schulter. Ihre Haut brannte heiß durch den Stoff. „Ich bin froh, dass wir uns endlich sehen können, Dorsey." Ihr Name rollte ihm wie ein Versprechen von der Zunge, und er wollte ihn immer wieder sagen, ihn drehen und wenden, ihn auskosten, bis er jeden Winkel des Wortes kannte.

Sie grinste, ihre Lippen neigten sich zu einem Winkel, und sie hob ihre Hand, um seine zu umfassen. „Wir haben überlebt. Zumindest vorerst."

Einen Moment lang glaubte er, dass sie von seinem Schicksal sprach, dass sie sofort gewusst hatte, was er war und was auf ihn zukommen würde. Aber das bisschen Logik, an das er sich noch klammerte, tauchte im letzten Moment auf, und er erkannte, dass sie von ihren Verfolgern und den Problemen sprach, die sie ihnen noch machen könnten.

„Ich würde sagen, dass das ein Grund zum Feiern ist." Und dann bedeckte er ihre Lippen mit seinen, nicht länger in der Lage, die wilde Bestie in seinem Inneren zurückzuhalten, die heulte, um einen Vorgeschmack auf sie zu bekommen. Es war eine berauschende Süße, als ihre Zunge mit der seinen spielte, und der überwältigende Geschmack nach Frau, nach Gefährtin. Er ließ alle Gedanken an die Unmöglichkeit sich auflösen. Es interessierte ihn nicht mehr, ob sie für immer ihm gehörte, solange sie jetzt ihm gehörte.

Ihre Arme kamen hoch und er spürte, wie sich stumpfe Finger in das Fleisch seiner Schulter gruben. Sie drückte ihn fest an sich, ihr Mund öffnete sich unter seinem, ließ sich von ihm streicheln und saugen und schmecken, während sie versuchten, die Distanz zwischen ihnen aufzulösen. Dafür trug sie viel zu viele Kleider, aber im Moment war er froh, die weiche Haut unter seinen Fingern zu spüren und ihren berauschenden Duft einzuatmen.

Ihre Erregung lag in der Luft und brachte die Bestie in Ty zum Vorschein. Wenn sie ihm nach einem Kuss so nahe war, was konnte er dann mit ihr tun, wenn sie nackt vor ihm lag?

Sie zog sich zurück und legte ihre Hände auf seine Schultern, aber sie bewegte sich nur so weit, dass sie mit ihm sprechen konnte. Ihre Lippen berührten sich noch immer bei jedem Wort. „Warte", hauchte sie.

Ty wollte nicht warten. Sein Schwanz fühlte sich an, als würde er gleich aus der Hose platzen, und er fürchtete, er würde vorzeitig kommen, bevor er sie zur Vollendung gebracht hatte. Aber er zwang sich, stillzuhalten, obwohl sein „Was?" mehr ein Knurren als ein Wort war.

Dorsey griff nach oben und strich mit ihrem Daumen über seine Stirn und die scharfe Kante seiner Wange, ihre Augen leuchteten und waren voller Staunen. „Du bist kein Mensch", sagte sie, wobei diese Aussage offensichtlich und völlig irrelevant war. Es ging um Sex, nicht um interstellare Diplomatie.

Ty fasste ihr in den Nacken, hielt sie fest und ließ nicht zu, dass sie noch mehr Abstand zwischen sie brachte. Er presste ihre Körper aneinander und hörte, wie Dorsey scharf einatmete. „Nein, das bin ich nicht. Ist das ein Problem?"

Sie schob ein Bein zur Seite und ließ ihn seinen Körper an ihrer empfindlichsten Stelle reiben. „Gibt es ... Kompatibilitätsprobleme?" Das letzte Wort kam als leises Stöhnen heraus, und ihre Augen fielen für einen Moment zu, während er ihr zeigte, wie kompatibel sie waren.

Er hatte noch nie einen Menschen gefickt, aber er wusste genug über Anatomie, um zu wissen, dass sie beide alle richtigen Teile hatten. Er wusste, dass seine Augen mit dem Feuer seiner Iris hell leuchteten, und er konnte das Grinsen nicht unterdrücken, das seine Lippen umspielte. „Sollen wir es herausfinden?"

———

Dorsey war dabei, verrückt zu werden. Es gab keine andere Erklärung dafür, warum sie sich an einen außerirdischen Fremden drückte, feucht und bereit, von ihm genommen zu werden. Es war das Hochgefühl nach ihrer Flucht, vermischt mit dieser seltsamen, unerwarteten Anziehungskraft, und sie war zu schwach, um zu widerstehen.

Sie war am Leben. Sie waren am Leben.

Die Sterne erstreckten sich vor ihnen, im FTL-Modus nicht sichtbar, aber sie wusste, dass sie da waren. Und sie hatte einen Kurs in Richtung Sicherheit gesetzt. Das bedeutete, dass es in Ordnung war, ihren Mund zu öffnen und mit ihrer Zunge über die seltsamen Rillen auf Tys Zunge zu streichen. Es war in Ordnung, ihre Hände über seine strammen Bauchmuskeln gleiten zu lassen, ihre Finger unter den Saum seines Hemdes zu schieben und es ihm über den Kopf zu ziehen. Es war in Ordnung, die seltsamen Erhebungen auf seiner Brust und an seinen Armen zu spüren, Erhebungen, die eine dunklere Farbe hatten, seltsame Markierungen, die sie wieder einmal daran erinnerten, dass sie ein Mensch war und er nicht.

Aber im Moment war ihr das egal, denn er gehörte ihr.

Die harte Wölbung seines Schwanzes drückte gegen ihren Unterleib und bettelte darum, von der Enge seiner Hose befreit zu werden. Dorsey wölbte sich in ihn hinein, rieb sich an ihm und schob seine bedeckte Länge zwischen ihre noch immer bekleideten Schenkel.

Es war nicht genug, aber als Ty einen Fluch ausstieß und die Hüften heftig bewegte, musste sie vor Freude fast lachen. So war das Leben. Das war es, wozu sie bestimmt waren.

Ihre Brüste waren schwer und voller Verlangen, ihre Nippel standen hart hervor und bettelten um seine Aufmerksamkeit. Ty versuchte vergeblich, die obersten Knöpfe ihres Overalls zu öffnen, dann gab er auf und benutzte eine seiner scharfen Krallen, um den Stoff aufzureißen und sie vom Hals bis zum Bauchnabel zu entblößen.

Die Erinnerung an seine tödlichen Klauen hätte sie

eigentlich erschrecken müssen, aber dann waren seine Lippen auf ihrer Brust, und Dorsey vergaß die Gefahr, stöhnte auf, als seine Zunge an ihrer Titte sie wie eine Bogensehne spannte und bis in ihr Innerstes hallte. Sie fühlte sich ihm gegenüber hilflos, ein Wesen reinen Verlangens, das sterben würde, wenn sie nicht seinen harten Schwanz tief in sich vergraben spürte.

Sie griff nach unten und öffnete seine Hose, dankbar, dass er keinen Overall trug. Sie griff hinein und schloss ihre Finger um seine heiße, harte Länge, drückte gerade so fest zu, dass er wusste, dass sein Schwanz jetzt ihr gehörte.

Er erstarrte für eine Sekunde an ihrer Brust, und der Laut, den Dorsey von sich gab, als er aufhörte, sie zu lecken, ihr Lust zu verschaffen, hätte sie in Verlegenheit gebracht, wenn er nicht wahnsinnig vor Verlangen gewesen wäre. „Mehr", stöhnte sie und bot ihm ihre Titten an, als wäre er ein heidnischer Gott und sie sein Opfer. Und vielleicht war sie das auch. Vielleicht hatten die Vorfahren den ersten Kontakt vor all den Jahren falsch verstanden und verwechselten die Reisenden aus dem Universum mit göttlichen Wesen.

„Streichle mich", verlangte Ty, bevor er zu ihrer Brust zurückkehrte, seine Zunge um ihre Brustwarze wirbelte und sie zum Keuchen brachte.

Wer war sie, dass sie ihm das abschlagen konnte?

Sie fuhr mit ihrer Hand vom Ansatz seines Schwanzes bis zur Spitze, fasziniert von der strukturierten Oberfläche. Sein Schwanz hatte Furchen und

Rillen, kleine Ausstülpungen ragten aus dem Schaft, über den ihre Finger glitten. Aus Neugierde schloss sie ihre Hand und stellte fest, dass sie ihn nicht mit der Hand umschließen konnte. Oh Gott, wie würde es — er — sich in ihr anfühlen?

Sie zitterte und löste ihre Hände von ihm, schob die Ärmel ihres Overalls nach unten und manövrierte sich hinaus, ohne Ty auch nur ein einziges Mal den Kontakt zu ihren Brüsten unterbrechen zu lassen. Es bedurfte einiger Verrenkungen, um den Overall vollständig auszuziehen, aber als sie es geschafft hatte, stand sie nackt vor ihm, an die Konsole des Cockpits gepresst und seinen Begierden ausgeliefert.

„Fick mich, Ty", bettelte sie förmlich, feucht und voller Verlangen nach ihm.

Er hob seine Augen und sie keuchte, als sie sah, wie rot und glühend sie geworden waren. Sie leuchteten im schummrigen Licht des Cockpits wie Leuchtfeuer. Er küsste an einer Brust entlang und um sie herum, bis er zu dem Tal zwischen ihnen kam, wo er sich Zeit ließ, eine Spur von Küssen und Lecken über ihre Brust und ihren Hals zog und schließlich erneut ihre Lippen eroberte.

„Ich könnte dich behalten", knurrte er gegen ihren Mund. „Ich würde dich tagelang ficken, dich so gut befriedigen, dass du nicht daran denken würdest, wegzugehen. Du würdest so gut genommen, dass jeder in der Galaxie wüsste, dass du mir gehörst."

Besitzeransprüche war ihr noch nie geheuer gewesen, aber bei ihm gefiel ihr das. Dennoch war sie keine zimperliche Taube. Sie biss ihm auf die Unterlippe, fast so fest, dass Blut floss.

„Fick mich", verlangte sie, während sie mit einer Hand an seiner Hose arbeitete und versuchte, sie so weit herunterzuziehen, dass sie seinen schönen Schwanz sehen konnte. Sie fühlte sich bereits leicht und erfüllt, als wäre etwas anders an diesem Fick, etwas, das sie nicht verstand — nicht verstehen konnte.

„Spreiz deine Beine", befahl er. Und Dorsey war gerne bereit, dem nachzukommen.

Sie verbreiterte ihren Stand, legte ein Bein über seine Hüfte und entblößte so ihr Geschlecht vor ihm. Er schaute an ihrem nackten Körper hinunter, und wenn überhaupt, wurden seine Augen irgendwie noch heller.

Dann steckte er einen Finger in sie und sie vergaß zu atmen. Er küsste ihren Hals, während er ihn in ihr bewegte, sein Atem ging genauso rasend schnell wie ihrer. Als er einen weiteren Finger hinzufügte, schrie sie auf, schon so nahe am Abgrund, dass sie Sterne und seltsame Farben und Dinge sah, die nicht existierten.

„Du bist so feucht," sagte er, „so verdammt feucht für mich."

„Gib mir deinen Schwanz", befahl sie. Wenn er ihn nicht bald in sie steckte, würde sie explodieren.

Und dann positionierte er sich an ihren Eingang, die stumpfe Spitze seines Penis glitt in ihre Muschi. Er drang in sie ein, und sie spürte, wie die Rillen seines Schwanzes sie weiteten und das Gefühl verstärkten, ihn in ihr zu haben.

Er vergrub sich bis zum Anschlag, seine Eier stießen gegen sie, und es kostete Dorsey alle verbliebenen Reste ihrer Selbstbeherrschung, sich nicht über ihn zu bewegen, ihre Hüften hin und her zu werfen. Aber der Blick, mit dem Ty sie ansah, war so ernst, dass sie wusste, dass es etwas an ihm gab, etwas, das wichtiger war als die Lust. Sie konnte es in ihrem Herzen spüren, eine erblühende Verbindung, die sie nicht verstand. Vielleicht lag es daran, dass sie gemeinsam überlebt hatten, aber was auch immer es war, es verband sie miteinander.

Ty legte seine Stirn an ihre und sagte: „Danke", mit der ganzen Kraft eines zum Tode Verurteilten, der plötzlich gerettet wurde.

Aber sie hatte keine Zeit, es zu hinterfragen, denn dann bewegte er sich in ihr und sie bewegte sich mit ihm. Seine Finger fanden den steifen Knubbel ihrer Klitoris, und sein Schwanz brachte sie nahe an den Orgasmus, indem er gegen den Punkt tief in ihrem Inneren stieß, der der Sitz ihrer Lust war.

Ihr Orgasmus kam so schnell, dass sie nicht merkte, dass sie kam, bis sie aufschrie, ihr Inneres vor Lust kribbelte und der Schock ihren Körper durchfuhr. Und schließlich stieß er einen Schrei aus, und sie spürte den heißen Erguss in ihrem Inneren, als er mit ihr kam, gemeinsam in den Abgrund stürzte und sich mit ihr verband mit einer Lust, die sie nicht ganz verstand, aber wusste, dass sie sie nie vergessen würde.

5
KAPITEL FÜNF

Ty blieb fest in Dorseys Umarmung, der Schock und das Vergnügen ihres Liebesspiels schossen noch immer durch ihn hindurch. Er spürte das Denya-Band tief in seiner Seele und konnte nicht anders, als mit seinen Händen sanft an ihrem Körper auf und ab zu fahren. Sie war so weich, voller Kurven und Wärme, und hielt seinen Schwanz immer noch fest in ihrer feuchten Tiefe. Er hatte noch nie mit einem Menschen geschlafen und wusste nicht, ob dieses Gefühl der Richtigkeit von den Unterschieden zwischen ihren Spezies herrührte oder ob es mit ihr zu tun hatte.

Und Ty wusste, dass er das nie herausfinden würde.

Da das Band zwischen ihnen besiegelt war, konnte er gehen und sie nie wieder sehen, sobald sie in Sicherheit waren. Die Gefahr, an seinem dreißigsten Geburtstag zu sterben, bestand nicht mehr, zumindest nicht, weil er ein Detyen war.

Aber Dorsey gehörte ihm. Die Sterne hatten gezaubert und sie gerade in dem Moment zusammengebracht, als alle Hoffnung verschwunden war. Und wenn er sie jetzt gehen ließe, wüsste er, dass er sich das Größte entgehen lassen würde, was ihm je zuteil geworden war.

Er legte seine andere Hand an ihren Hinterkopf und grub seine Finger sanft in ihre Locken, während sie ihre Stirn an seine Brust lehnte. Sie zitterte ein wenig, ihre Schultern bebten.

„Geht es dir gut?", fragte er, in der Hoffnung, dass er sie nicht verschreckt hatte. Wenn das der Fall war, nun, dann würde das seine Aufgabe ein wenig schwerer machen. Sie war jetzt die Seine, und er würde sie nicht mehr gehen lassen.

Dorsey hob ihren Kopf, und zuerst sah er den Schimmer von Tränen in ihren Augen, und seine Brust zog sich zusammen, das änderte sich aber sofort wieder, als sie lachte. „Na, das war eine tolle Art zu feiern", sagte sie. Ihre Arme lagen locker um seine Schultern, und sie zeigte keine Anzeichen, sich zurückziehen zu wollen. „Ich schwöre, normalerweise ficke ich keine Kerle, die ich erst zehn Minuten kenne."

Ty küsste sie auf die Wange und schmeckte das Salzige ihres Schweißes. „War irgendetwas an den letzten zwei Tagen normal?"

Das leise Stöhnen, das sie von sich gab, klang ganz anders als die Geräusche, die sie noch wenige Minuten zuvor von sich gegeben hatte. „Blöde verdammte Piraten!" Ihre Arme spannten sich kurz an, bevor sie plötzlich locker wurden. Sie wich von ihm zurück, oder besser gesagt, sie stieß ihn zurück, da sie zwischen seinem Körper und der Konsole des Cockpits eingeklemmt war. Ty wollte sie nicht loslassen, aber er wollte sie auch nicht zwingen, dazubleiben. Sie sprach weiter, sie hatte keine Ahnung von seinen Gedanken. „Die verdammte Firma wird mir die gestohlene Fracht in Rechnung stellen, *und* sie werden verlangen, dass ich weiter auf der Strecke fliege", stieß sie hervor, während sie versuchte, ihre Kleidung zurechtzurücken. Es war ein aussichtsloses Unterfangen, denn seine Krallen hatten die Vorderseite ihres Overalls zerfetzt. Ein Knopf hatte überlebt, so dass sie den Anzug zwar notdürftig schließen konnte, aber es blieben reizvolle Hautpartien, die weiterhin zu sehen waren.

„Haben sie dich auf diese Art erwischt?" Es war seltsam, dass er so gut wie nichts über sie wusste, obwohl sie ihm alles bedeutete.

„Ja." Sie griff in ihre Tasche, schüttelte abwesend den Kopf und zog ihre leere Hand wieder heraus, als ob sie etwas hatte herausholen wollen, bevor ihr einfiel, dass sie es nicht hatte. „Direkt aus dem Territorium des Konsortiums. Wie war das bei dir?"

Ty erinnerte sich an den Traktorstrahl, erinnerte sich an die kalte Angst vor der Gefangennahme. „Ich war in der Nähe des letzten Tores nach Jaaxis. Da haben sie mich erwischt."

„Ja-Jaaxis?", stotterte sie. „Das ist dreihundert Lichtjahre von dem Ort entfernt, von dem wir geflohen sind", sagte sie und kniff die Augen zusammen. „Du bist nicht von königlichem Blut oder so, oder?"

Ty schüttelte den Kopf und versuchte, den Anflug von Wehmut zu ignorieren. Die königliche Familie der Detyen war vor hundert Jahren verbrannt, ihr Geschlecht war zusammen mit dem Rest des Planeten ausgelöscht worden. „Nein. Das Tor ist auf der dem Planeten abgewandten Seit schlecht bewacht. Vielleicht waren sie nur auf der Suche nach leichten Zielen." Aber er kannte kein Konsortium in der Nähe von Jaaxis. Warum waren sie von verschiedenen Enden des Weltraums entführt worden?

Etwas auf der Konsole piepte und lenkte Dorseys Aufmerksamkeit auf sich. Sie beugte sich vor und drückte ein paar bunte Knöpfe. Nach einem Moment neigte sie den Kopf zur Seite und wandte sich erneut an ihn. „Wir haben nicht genug Treibstoff, um nach Jaaxis zu kommen. Aber ich habe einige Freunde auf Tarni, und ich bin sicher, dass einer von ihnen dir das Geld für deinen Flug nach Hause vorlegen kann."

„Tarni?" Die Galaxis war viel zu groß, um sich den Namen jedes bewohnten Planeten zu merken, und die meisten Planeten hatten mehr als einen Namen, je nachdem, von wem sie bewohnt waren.

„Er ist der zweitgrößte Planet im Bereich des Konsortiums", fuhr sie auf seinen leeren Blick hin fort. „Es ist ein System bestehend aus vier Planeten, und sie sind alle mehr oder weniger verbündet. Jeder Planet wird von mehreren Warlords regiert, die wiederum bestimmte Sektoren kontrollieren."

Das war einfach. „Und du hast für einen der Warlords gearbeitet?", fragte er in dem Versuch, ihre Lebensgeschichte zusammenzusetzen.

Dorsey zuckte mit den Schultern. „Das Unternehmen, für das ich gearbeitet habe, macht Geschäfte mit mehreren Warlords auf drei der bewohnten Planeten. Da ist …" Sie brach mit einem Kopfschütteln ab. „Vergiss es, die politischen Details sind unübersichtlich und uninteressant. Ich habe Kurs auf Tarni gesetzt und wir sollten in der Lage sein, an der Station von Nina anzudocken und ein Shuttle in ihr Territorium zu nehmen."

„Und was willst du dann tun?" Ty wollte — musste — ihr helfen. Er wusste nur nicht wie, noch nicht. Das Beste, was er tun konnte, war, ihre Pläne zu verstehen. Er hatte seine eigenen Ressourcen und Fähigkeiten.

Dorsey dachte einen langen Moment lang nach, schürzte die Lippen und starrte schweigend in die tiefe Schwärze auf dem Bildschirm hinter der Konsole. „Ich werde wohl herausfinden müssen, ob ich noch einen Job habe. Herausfinden, wie lange ich weg war. Herausfinden, was Droscus vorhat, und hoffentlich mit meinem Leben weitermachen."

„Droscus?"

Sie seufzte. „Ein weiterer Warlord. Ninas Hauptkonkurrent um die Kontrolle über Tarni. Ich wüsste nicht, warum er mir etwas antun sollte, aber wenn ich über … gestolpert bin..." Sie brach wieder ab und schüttelte den

Kopf. Ty speicherte den Namen Droscus in seinem Hinterkopf. „Innerhalb einer Woche nach unserer Ankunft wird es ein Schiff nach Jaaxis geben, da bin ich mir sicher. Dann kannst du nach Hause und ... ich weiß nicht, was auch immer", sie machte eine vage Geste, als würde ihm das helfen zu verstehen.

„Bringen wir uns erstmal in Sicherheit, bevor wir daran denken, mein Ticket zu kaufen", sagte er. Sie sah ihn nicht mehr an, und Ty ahnte, dass sie allein sein wollte. „Ich sehe mir unsere Rationen und Vorräte an."

Sie nickte einmal und Ty zwang sich, wegzugehen. Das war viel schwieriger, als aus dieser kleinen Gefängniszelle zu entkommen. Er richtete seine Aufmerksamkeit auf das Schiff, hielt den Kopf nach vorne und blickte nicht zurück.

Die Raumaufteilung in Schiff war recht einfach. Es konnte ein Dutzend Besatzungsmitglieder aufnehmen, aber die Automatisierungssysteme ermöglichten es, nur mit einem Piloten zu fliegen. Ty ging vom Cockpit aus den zentralen Korridor entlang. In dem engen Gang befanden sich die Hauptlagerräume für die Besatzung und die Passagiere, große Spinde, die in den Rumpf des Schiffes eingelassen waren. Kurz darauf kam er am Quartier des Kapitäns, der größten Kabine, und den vier übrigen Mannschaftskabinen vorbei. Es war möglich, dass sich in diesen Räumen Kleidung befand, aber er ließ sie vorerst außer Acht.

Das brachte ihn in die Küche. Ty begann, die Schränke zu öffnen und nach Energieriegeln oder

Nahrungsmitteln zu suchen. Glücklicherweise hatte das Schiff mehr als genug Wasser an Bord. Die Prozessoren — kleine Geräte, die so ziemlich alles zubereiten können, was man einprogrammierte — waren leer. Die Lebensmittel, die sie herstellten, waren zwar synthetisch, aber sie benötigten dennoch die Grundzutaten.

Die ersten beiden Schränke waren bis auf den darin befindlichen Staub leer. Als er den dritten öffnete, stieß er einen kleinen Triumphschrei aus und musste sich zurückhalten, nicht sofort zu Dorsey zu laufen, um ihr die gute Nachricht zu überbringen. Eine volle Schachtel mit zehn Energieriegeln stand ungeöffnet ganz hinten im Schrank. Offensichtlich hatte sie einer der Besatzungsmitglieder beim Ausräumen des Schiffes übersehen.

Die braunen Riegel waren größtenteils geschmacklos und hatten eine Textur, die man am besten als sehr zäh beschreiben könnte. Er würde sie nicht jeden Tag für den Rest seines Lebens essen wollen, aber zum kurzfristigen Überleben konnte ihnen nichts Besseren passieren.

Leider war diese eine Kiste mit Nahrung seine einzige gute Nachricht. Alle anderen Lebensmittel waren aus der Küche entfernt worden. Ty konzentrierte sich auf die Suche nach Kleidung und Waffen, anstatt sich mit der eher beunruhigenden Zukunft zu beschäftigen.

Wenn sie nicht innerhalb weniger Tage nach Tarni kämen, würden sie verhungern.

———

Dorsey wusste nicht, wie er sich nach ihrem atemberaubenden Sex gegenüber Ty verhalten sollte. Die Peinlichkeit am Morgen danach war einer der Hauptgründe, warum One-Night-Stands nicht ihr Ding waren. Obwohl, wenn sie ehrlich war, fühlten sich die Dinge in der Nähe ihres neuen außerirdischen Schiffskameraden nicht gerade unangenehm an. Er schien damit zufrieden zu sein, sie das Schiff steuern zu lassen, nur manchmal bestand er darauf, dass sie ein paar Stunden Schlaf brauchte, und übernahm das Steuer. Er hatte am Vortag seine Entdeckung über ihre begrenzten Lebensmittelvorräte mitgeteilt und dann noch ein paar Stunden damit verbracht, das Schiff nach Brauchbarem zu durchsuchen. Leider hatten die Sklavenhändler ganze Arbeit geleistet, als sie das Schiff ausräumten. Glücklicherweise hatte Ty eine ganze Kiste mit Kleidung entdeckt. Keinem von ihnen passte etwas davon richtig, aber wenigstens trug sie keinen zerrissenen und zerfledderten Overall mehr. Stattdessen trug sie schwarze Leggings, die eigentlich zu eng waren, um als Hose durchzugehen, und ein Shirt, das ihr bis zu den Knien reichte und wie ein Sack über ihr hing. Ty hatte das gegenteilige Problem. Seine Hose saß gut, aber das Hemd klebte an seiner Brust und zeichnete jeden köstlichen Muskel seines Oberkörpers nach.

Worüber sie natürlich nicht nachdachte.

Es war verrückt gewesen, mit ihm zu schlafen. Und es war noch verrückter, daran zu denken, es wieder zu tun. Er war ein verdammter *Außerirdischer*. Das war ganz und gar falsch. Auch wenn er ihr den besten Orgasmus ihres Lebens beschert hatte und sie jedes Mal, wenn sie die Augen schloss oder ihre Gedanken vom Steuern des Schiffes abschweifen ließ, daran denken musste, ihn wieder zu berühren. Leider hatte sie beim Steuern eines Schiffes viel Zeit, ihre Gedanken schweifen zu lassen.

Es war, als hätte er sich irgendwie in ihr Gehirn gehackt und es durcheinander gebracht, bis sich zu viele ihrer Gedanken nur um ihn drehten. Aber das war nicht möglich, zumindest glaubte sie das. Und sobald sie Tarni erreichten, konnte sie ihn hinter sich lassen. Es war schwer, einen Mann zu ficken, der auf der anderen Seite der Galaxie lebte.

Ein Alarm auf der Konsole riss Dorsey aus ihren ungewollten Gedanken. Sie sprang vor, sah auf den Bildschirm und fluchte, als sie das SOS-Signal sah. Ohne einen Moment darüber nachzudenken, schaltete sie den FTL-Modus ab und rief die Koordinaten für das Notsignal auf.

Schritte im Flur kündigten Ty an, bevor er durch die Tür stürmte, mit finsterer Miene und einem kleinen Anflug von Schweiß auf seinem nackten Oberkörper. Offenbar hatte er beschlossen, dass das enge Shirt nichts für ihn war. Dorsey musste sich praktisch den Mund zuhalten, um sich nicht die Lippen zu lecken.

Sogar sein Geruch *hatte eine Wirkung auf sie, über die sie nicht sprechen wollte.*

„Was ist los?", wollte Ty wissen. „Warum haben wir angehalten?"

Das Abschalten des FTL-Modus gab dem Schiff einen verräterischen Ruck; offensichtlich war er schon oft genug durch den Weltraum gereist, um das zu erkennen. Sie drehte den Bildschirm in seine Richtung. „Notsignal, Frequenzen des Konsortiums und allgemeine Kanäle aktiviert."

„Wir sind ..." Sie dachte, er würde widersprechen, aber er unterbrach sich. „Was soll ich tun?"

„Zieh alles an, was als Rüstung taugt, und sieh nach, ob es hier irgendwo einen Blaster gibt. Wenn nicht, finde irgend etwas, das du als Waffe benutzen kannst. In diesem Abschnitt des Weltraums sollte niemand sein, geschweige denn jemand in Not." Das Rufsignal gehörte zu einem Schiff, das kaum mehr als ein Fleck auf dem Bildschirm war. Das Einzige, was sie davon abhielt, sofort wieder in den FTL-Modus zu springen, war, dass niemand sonst kommen würde.

„Könnte es eine Falle sein?", fragte Ty.

Das hatte sie sich auch schon gefragt. Doch Dorsey schüttelte den Kopf. „Wir befinden uns in einem der am wenigsten bereisten Gebiete des bewohnten Weltraums. Ich kann vielleicht ein halbes Dutzend Piloten aufzählen, die diesen Weg auch nur *erahnen* könnten. Es ist ein Hintereingang in das Gebiet des Konsortiums, und wir mussten viel zu nah an einer Handvoll Sterne vorbei. Piraten würden das Risiko nicht eingehen."

„Und das Konsortium?" Sie hatte nicht viel darüber

gesagt, aber sie konnte erkennen, dass es ihm nicht sympathisch war.

„Sie patrouillieren nicht außerhalb des Systems." Sie hatten nicht genug Personal dafür. Und alle eventuell überzähligen Soldaten würden nicht im Weltraum verheizt, wenn sie in den Kriegen auf dem Boden kämpfen könnten.

Die Zeit verging, und Ty blieb verdächtig still. Doch schließlich lenkte er mit einem Nicken ein. „Lass uns nachsehen, was da los ist."

Dorsey stieß einen Atemzug aus, von dem sie gar nicht wusste, dass sie ihn angehalten hatte. Einen Moment lang hatte sie gedacht, er würde vorschlagen, das in Not geratene Schiff sich selbst zu überlassen. Und obwohl das verdammt viel dazu beigetragen hätte, die ungewollten Gefühle in ihrer Hose loszuwerden, wollte sie nicht glauben, dass er die Art von Mann — Außerirdischem — war, der jemanden in Not ignorieren würde.

„Bring den Erste-Hilfe-Kasten zur Luftschleuse. Es gibt vielleicht Verletzte." Er nickte noch einmal und ging los.

Dorsey wandte sich wieder der schwarzen Weite des Weltraums zu. Das Notsignal blinkte immer noch, aber sie hatte den Ton abgeschaltet. Auf dem Bildschirm erhaschte sie einen ersten Blick auf das Schiff und unterdrückte einen Fluch.

Es war ein Frachter des Konsortiums. Genau wie der, den sie gesteuert hatte, bevor die Sklavenhändler sie gefangen nahmen.

Ein Kribbeln der Angst kroch von ihrem Nacken die Wirbelsäule hinunter. Frachter waren immer durch Piraten gefährdet, aber sie gehörten zu den robustesten Schiffen, die je gebaut wurden. Und sie wusste mit hundertprozentiger Sicherheit, dass dieses Schiff nicht von Piraten angegriffen worden war. Solche Banditen folgten immer dem Geld. Unabhängig von der Fracht lohnte sich ein solch langer Weg einfach nicht.

Sie schaltete auf manuelle Steuerung und konnte endlich die ID-Nummer des Schiffes erkennen.

Dorsey schloss kurz die Augen und holte tief Luft. Es war nicht die ID-Nummer, die sie erkannte, sondern das übermäßig stilisierte geometrische Muster auf dem Rumpf. *Was machst du hier, Lex?*

Ihre Zimmergenossen in der Flugschule hatten in der zweiten Woche angefangen, miteinander zu schlafen. In der vierten Woche hatten sie und Lex rebelliert und Lex' Zimmer zu ihrem gemacht. Er stammte aus einem armen Bauerndorf auf Thanatos und hatte nicht viele Fragen gestellt, als er merkte, dass sie nicht über ihr Leben auf der Erde sprechen wollte.

Vielleicht ging es ihm gut.

Schon während sie das dachte, wusste sie, dass es nicht wahr war. So funktionierte das Schicksal nicht. Dorsey hatte die Piraten mehr oder weniger unbeschadet überlebt, sie war entkommen. Das Universum musste das alles ausgleichen.

Als der zerbrochene Rumpf des Schiffes in Sicht kam,

zuckte sie nicht einmal zusammen, obwohl ihr Herz weinte.

Es erforderte Vorsicht und Geschicklichkeit, das Schiff durch die verstreuten Trümmer nahe genug heranzubringen. Aber obwohl Lex' Schiff zerstört war, war das Dock noch intakt. Sie wusste nicht, was sie zu finden erwartete. Bei einem so großen Loch im Rumpf, war die Wahrscheinlichkeit, dass sein Körper noch da war, gering. Trotzdem musste sie es wissen.

Sie dockte das Schiff an und verließ das Cockpit, und sah, dass Ty mit einem Raumanzug auf sie wartete. Glücklicherweise bleiben diese Dinger auch im Dock immer auf den Schiffen, es sei denn, dass jemand sie trug. Sie kletterte in den Anzug und sicherte den Helm, während Ty dasselbe tat.

Dorsey warf einen Blick zurück auf ihr Schiff. Es war nicht klug, es unbemannt zu lassen, aber sie konnte Ty nicht allein rausschicken. Hier draußen war niemand, der dem Schiff schaden konnte, und sie hatte ihre Entscheidung bereits getroffen.

„Los geht's", sagte sie und trat in die Schleuse.

6

KAPITEL SECHS

EIN ZERSTÖRTES SCHIFF IN EINER WENIG BEREISTEN ECKE DES Weltraums — Ty erkannte eine Falle, wenn er eine sah. Aber er wusste nicht, ob diese Falle nur dazu diente, ihn und Dorsey zu erwischen, oder ob die Falle bereits zugeschnappt war und ein ahnungsloses Schiff getroffen hatte. Irgendetwas an dieser Situation, an diesem speziellen Schiff, hatte Dorsey beunruhigt. Er konnte ihre aufgewühlten Emotionen durch ihre entstehende Verbindung praktisch spüren.

Er brauchte jedoch nichts Metaphysisches, um zu wissen, dass sie nicht darüber reden wollte.

Das Schiff, das sie gestohlen hatten, war nicht mit einem Kurzstrecken-Teleporter ausgestattet, also aktivierten sie beide die Navigationsfunktion ihrer Anzüge. Damit waren sie in der Lage, sich durch die schwerkraftfreien Räumlichkeiten des havarierten Schiffes zu bewegen und zu ihrem eigenen Schiff zurückzukehren, auch wenn dafür ein kurzer Weltraumspaziergang erforderlich sein sollte. Nach einem kurzen Test der in den Anzug integrierten Mikrofone drückte Ty den großen roten Knopf in der Luftschleuse, und sie waren damit von ihrem eigenen Schiff abgeschottet.

Die Außentür öffnete sich und gab den Blick auf die geschlossene Luke des Frachters frei. Dorsey gab einen Code auf einer Tastatur ein und schon waren sie drin.

Sie schwebten in eine stille, tödliche Hölle hinein. Das einzige Licht kam von den Lampen, die in ihre Helme integriert waren. Durch den Verlust der Schwerkraft schwebte alles Mögliche — Kisten, Kleidung und alles, was nicht niet- und nagelfest festgezurrt war — um sie herum und wippte im unheimlichen Dämmerlicht hin und her. Tys Herzschlag beschleunigte sich und er warf einen Blick über seine Schulter. Es war nichts da, aber es fühlte sich an, als würden sie beobachtet.

Das war eine schlechte Idee.

Er wollte Dorsey zurückrufen, sie sollten das Schiff verlassen und ihre Reise fortsetzen. Aber die Haltung ihrer Schultern verriet ihm, dass sie nicht vorhatte, nachzugeben. Und wenn sie nicht gehen wollte, gab es für ihn nur eine Möglichkeit. Er würde sie bis zum Ende beschützen. Wenn auf diesem Schiff etwas Unheilvolles auf sie wartete, würde er es bekämpfen, es töten und sie sicher nach Hause bringen.

Sie kamen zu einer Gabelung des Flurs. „Mannschaftsquartiere oder Frachtraum?", fragte er. Soweit er von ihrem Schiff aus gesehen hatte, war der Frachtraum intakt. Er brauchte keinen medizinischen Scanner, um zu wissen, dass dies der einzige Ort war, an dem jemand überlebt haben konnte.

Doch Dorsey wandte sich nach rechts. „Zuerst die Mannschaftsquartiere. Ich muss dort nachsehen."

Auf ihrem Schiff hatte es keinen Blaster mehr gegeben, und so blieb ihm als einzige Waffe ein schweres Rohr, so lang wie sein Arm. In der Schwerelosigkeit wog es nichts, aber es war ihm fast unmöglich gewesen, es zu hochzuheben, bevor er in die Luftschleuse eintrat. Es war keine geeignete Verteidigung gegen einen Blaster oder Laserfeuer, aber er konnte damit in allen anderen Situation viel Schaden anrichten.

Ty beschleunigte mit der Steuerung seines Anzugs und positionierte sich ein wenig vor Dorsey. Wenn in den Mannschaftsunterkünften etwas auf sie wartete, würde er sich darum kümmern. Er konnte nicht zulassen, dass ihr etwas passierte.

Sie kamen in die Küche, was er erst bemerkte, als ein ausgepackter Energieriegel neben seinem Kopf schwebte. Er schlug ihn beiseite und fand fünf weitere noch verpackte freischwebende Riegel. Diese griff er sich und verstaute sie in einer der Taschen seines Anzugs. Er sah, wie Dorsey dasselbe mit mehreren Packungen Trockenfrüchten tat. Er versuchte, etwas zu ihr zu sagen, aber sie schaute schnell weg, als ob es ihr peinlich wäre, Essen von dem havarierten Schiff an sich zu nehmen.

Abgesehen von den frei umhertreibenden Lebensmitteln war die Küche leer. Dorsey schwebte zu einer

Computertafel an der Wand und versuchte, den Befehls-bildschirm aufzurufen. Der Bildschirm blieb schwarz.

„Warum hat sich die Tür geöffnet, wenn der Strom ausgefallen ist?", fragte Ty.

„Alle Außentüren werden unabhängig mit Strom versorgt. Im Inneren ist alles zentralisiert, aber im Maschinenraum gibt es ein Batterie-Backup." Ihre sicheren Bewegungen hätten ihm verraten, dass sie Erfahrung mit diesem Schiffstyp hatte, selbst wenn sie das Konsortium nie erwähnt hätte. „Ich glaube nicht, dass wir Zeit damit verschwenden müssen, es mit dem Backup zu versuchen."

Ty stimmte zu. „Lass uns in Bewegung bleiben." Je länger sie an einem Ort blieben, desto exponierter fühlte er sich.

Sie hielt eine Hand hoch. „Eine Minute." Ohne auf eine Antwort zu warten, öffnete Dorsey einen kleinen Schrank und holte eine Segeltuchtasche heraus. Sie öffnete einen zweiten Schrank, in dem sich kugelförmige Behälter mit Lebensmitteln befanden. „Es ist ja nicht so, als ob jemand auf dem Schiff das noch bräuchte", recht-fertigte sie sich, während sie die Segeltuchtasche an ihrem Gürtel befestigte.

„Ich weiß", sagte er und schwebte an der Küchen-wand entlang, bis er direkt neben ihr war, wobei sich ihre Anzüge leicht berührten, allerdings konnte man durch den Stoff nichts spüren. „Überleben ist keine Schande."

Sie neigte ihren Kopf zu ihm hinauf und ihre Augen

leuchteten. „Du ... ach egal, vergiss es. Wir müssen weitermachen.“

Sie machte sich auf den Weg durch den zentrale Flur und bewegte sich mit geübtem Einsatz ihrer Schubdüsen vorwärts. Ty bewegte sich eher wie ein stolpernder Felsbrocken hinter ihr her. Aber er musste keinen weiten Weg zurücklegen. Dorsey hielt im zentralen Flur vor einer verschlossenen Tür an. In der Mitte schwebte ein ungeschützter Körper ohne Raumanzug, erstarrt im Vakuum des Schiffes.

Sie streckte eine Hand aus, um die leichte Bewegung des Körpers zu stoppen, und hielt ihn mit zwei Fingern fest. „Lex hat immer gesagt ...“ Der Satz endete mit einem Schluchzen, und Dorsey drehte sich herum, warf ihre Arme um Ty und hielt ihn fest.

Ty konnte nichts anderes tun, als sie zu umarmen. „War er dein Freund?“, fragte er. Lex war im Tod erstarrt, seine Lippen waren blassblau und seine Haut eher beige als braun. Ein Mensch wie Dorsey, aus ihrem System. Jemand, den sie gut genug kannte, um ihn zu beweinen.

Ty wollte nicht eifersüchtig sein auf einen toten Mann, und er war nicht so dumm, zu fragen, ob sie ein Liebespaar gewesen waren.

„Er hat eine Frau und sie leben in einer winzigen Wohnung auf Tarni mit ihrem Bruder und einer unausstehlichen Katze, die sich für einen Löwen hält“, sagte sie unter Tränen. „Wir wollten ... wollten ... zusammen ...“ Ihre Worte lösten sich in heftigem Schluchzen auf.

Ty hielt sie eng an sich gedrückt und murmelte

irgendeinen Unsinn, der sich gut anhörte. Er sagte nicht, dass alles wieder gut wird. Er hatte nicht das Recht, das zu sagen, und er würde nicht lügen. „Die Krankenstation des Schiffes ist mit einer Transport-Kühleinheit ausgestattet. Wir können ihn nach Hause bringen."

Sie nickte. „Ja. Bringen wir ihn nach Hause."

———

Sie blieben etwas mehr als eine Stunde auf Lex' Schiff. Nach dem Abkoppeln, als sie wieder auf dem Weg nach Tarni waren, loggte Dorsey sich in die Aufzeichnungen des Schiffes ein und studierte die Frachtliste und das Reisetagebuch. Alles schien unauffällig, kein Hinweis darauf, wie es dazu kam, dass er tot im Weltraum trieb, mit einem Loch in der Seite seines Schiffes.

Sie wechselte in die Kombüse und ließ sich die Aufzeichnungen auf einem Tablet anzeigen, das sie in einem Schrank im Cockpit gefunden hatte. Eine Liste von Frachtnummern und -etiketten lief durch und ließ ihre Sicht verschwimmen. TG544 - Verpflegung; TR563 - Kleidung; TF555 - Allgemeines. Nichts sah *seltsam* aus. Aber da Lex tot war, musste es ein Geheimnis geben. Er war ein doppelt so guter Pilot und sogar viel vorsichtiger als sie. Es war nicht sein Schicksal, als Eiszapfen zu enden.

Durch eine Bewegung am Rande ihres Sichtfeldes wurde sie auf Ty aufmerksam. Er hatte geduscht, nachdem er sich um Lex' Leiche gekümmert hatte, und sich Kleidung angezogen, die sie von dem havarierten

Schiff mitgenommen hatten. Er lehnte an der Tür, die Arme lässig verschränkt, und seine Haut war jetzt, wo sie im hellen Licht der Küche standen, noch blauer als zuvor.

Hatte sie diesen Mann wirklich erst einen Tag zuvor in ihren Körper aufgenommen? Gestern schien alles noch so einfach zu sein. Sie wollte ihn zu sich herunterziehen und auf ihn klettern, seinen harten Schwanz nehmen und sich mit ihm vergnügen, bis sie beide mehr als erschöpft waren, ohnmächtig vor Erschöpfung und heißer Leidenschaft. Sie wollte ihn nehmen, um zu vergessen.

Seine sexy, *gefährlichen* roten Augen verengten sich, und sie hatte das Gefühl, dass er genau wusste, was sie dachte. „Kannst du Gedanken lesen?", rutschte es ihr heraus, und Dorseys Augen taten weh, weil sie sie so weit aufriss, bevor sie sie wieder schloss und versuchte, ihren Gesichtsausdruck einigermaßen unter Kontrolle zu bekommen.

Ty sah grinsend zu Boden. „Du denkst an die Farbe Orange und ..." Er holte tief Luft und fuchtelte mit den Fingern in der Nähe seines Kopfes herum, während er angestrengt nachdachte. „Alkohol?"

Sie stützte ihren Ellbogen auf den Tisch und ließ die Stirn auf ihre Hände sinken. „Das ist also ein Nein?"

„Unser psychisches Band funktioniert nicht so", gestand er.

Sie wusste nicht, was er mit „psychischem Band" meinte und fühlte sich fast schlecht, weil sie so erleichtert über seine Antwort war. Dorsey streckte ihre Hand aus. „Setzt du dich zu mir?", fragte sie.

Ty legte seine Hand in ihre und nahm den Platz neben ihr ein. Er verschränkte seine Finger mit den ihren, und es passte alles so gut, so perfekt, dass es unmöglich gewesen wäre, zu erkennen, dass sie von unterschiedlicher Art waren, wenn sich nicht die blaue Farbe seiner Haut von ihrer braunen abgehoben hätte.

Sie legte das Tablet auf den Tisch und zog seine Hand näher an sich heran, wobei sie langsam die dunklen, quadratischen Muster auf seiner Haut nachzeichnete. Sie waren ein bisschen wie ein Muttermal, aber viel komplexer. „Sind alle Detyen blau?"

Er drückte ihre Hand, zog sie aber nicht weg. „Nein, es gibt uns in allen möglichen Farben. Die ... diejenigen die noch übrig sind." Den letzten Teil des Satzes sagte er so, als wollte er aufhören zu sprechen, hätte sich aber im letzten Moment entschieden, es doch auszusprechen. „Wir sind eine dem Untergang geweihte Spezies."

Dorsey wusste, dass er das sagte, um sie von dem abzulenken, was sie gefunden hatten. Jedes Wort, das er sprach, schien schmerzlich zu sein, aber sie klammerte sich an den Rettungsanker, den er ihr zuwarf, und hielt sich daran fest. „Was meinst du?" Sie rutschte mit ihrem Stuhl näher an ihn heran. Wenn es ihm weh tat zu reden, sollte er nicht allein sein. Und wenn die Wärme seines Körpers sie tröstete, würde ihre Wärme auch ihn trösten.

Aber nebeneinander zu sitzen, war für Ty nicht genug. Er hielt immer noch ihre Hand, zog sie nach vorne und legte seine andere Hand auf ihre Hüfte, hob sie mit überraschender Leichtigkeit aus ihrem Stuhl und auf seinen Schoß, so dass ihre Körper einander zugewandt waren. Sie konnte den starken Schlag seines Herzens spüren, gleichmäßig und laut wie eine Trommel an ihrem Ohr. Er legte einen Arm um ihren Rücken und drückte sie an sich, und Dorsey hielt sich mit einer Hand an seiner Taille fest. Es fühlte sich so verdammt gut an, sich an ihn zu schmiegen, dass sich ihre Muskeln wie Gelee anfühlten.

„Wir stammen aus einem Planeten namens Detya", sagte Ty, als sie es sich bequem gemacht hatten. Seine Lippen berührten ihr Ohr nicht ganz, aber die Luft seiner Worte zerzauste ihr Haar und kitzelte sie ein wenig.

„Ich habe noch nie davon gehört", sagte sie an seiner Schulter.

Sein Arm legte sich kurz fester um sie, bevor er sich ebenso schnell wieder lockerte. „Ich war nie dort." *Das* war ein Schmerz, der nur von einem unglaublichen Verlust herrühren konnte. Ty sprach weiter. „Vor hundert Jahren wurde der Planet angegriffen und zerstört. Innerhalb weniger *Stunden* wurde aus einer schönen, blühenden, friedlichen Welt voller Kunst und Kultur und ... es war ein Zuhause. Ein gutes Zuhause. Wir befanden uns mit niemandem im Krieg, nichts Schlimmeres als ein paar territoriale Scharmützel im Sektor, wie sie jeder Planet hat, dessen Bewohner das All bereisen. Aber dann hat uns jemand angegriffen. Sie hatten eine Waffe, die noch nie zuvor, und auch danach nie wieder, eingesetzt wurde. Sie verkohlte das Land, ließ es verfaulen und tötete alles, was mit der Fäule in Berührung kam. Jemand versuchte, sie auszubrennen, aber die Fäulnis verstärkte das Feuer und hörte nicht auf zu brennen, bis nichts mehr übrig war. Über vier Milliarden Detyen und Millionen von Angehörigen anderer Spezies starben an diesem Tag. Ein paar Tausend schafften es, mit Schiffen zu entkommen, und einige waren auf Reisen und befanden sich zu dieser Zeit nicht auf dem Planeten. Aber seit diesem Tag sind wir ohne eigenen Planeten. Und wir sterben viel schneller, als wir durch Geburten ausgleichen können. Ich bin mir nicht sicher, ob es in hundert Jahren noch jemanden geben wird, der sich an uns erinnert", sagte er mit leerer Stimme, und die Emotionen, die er bei der Schilderung der Tragödie seines Volkes empfand, waren verpufft.

Der nasse Fleck auf seinem Hemd verriet ihr, dass sie weinte. Dorsey holte tief Luft und versuchte, ihre Tränen so unauffällig wie möglichwegzuwischen. Dieser Mann brauchte ihr Mitleid nicht. Sie wusste, dass er es nicht wollte. „Führt ihr immer noch Krieg mit denen, die euren Planeten zerstört haben?" Einen Planeten zu zerstören war ein unverzeihliches Verbrechen. Es gab immer eine Möglichkeit, Konflikte zu lösen, ohne es zu einer solchen Zerstörung kommen zu lassen.

„Wir wissen immer noch nicht, wer oder was das getan hat. Einige Garnisonen unserer Truppen sind entkommen und haben die Verfolgung aufgenommen, aber sie haben niemanden erwischt", sagte er und legte seine Hand auf ihr weiches Haar. „Weine nicht um uns, Süße, wir sind so stark, wie wir sein müssen."

Wenn er darüber reden konnte, konnte sie sich zusammenreißen, aber es dauerte einen Moment, bis sich ihr Atem beruhigte. „Du hast gesagt, ihr hättet psychische Verbindungen?" Das schien ein sichereres, weniger blutiges Thema zu sein. Aber sein Körper erstarrte unter ihr, nur für zwei Sekunden, aber lange genug, dass sie es bemerkte. „Du musst nicht darüber reden", sagte sie.

Ty nahm das Angebot an. „Hast du in den Aufzeichnungen deines Freundes etwas gefunden?" Und damit war der Zauber gebrochen, den er mit der Erzählung der Tragödie seines Volkes über sie gelegt hatte. Dorsey zog sich etwas zurück, aber sie blieb auf seinem Schoß sitzen. Das Gefühl, dass er ihr so nahe war, sein männlicher Duft, der sie einhüllte, gab ihr ein warmes und kuscheliges Gefühl, und das wollte sie nicht loslassen, nicht nach dem, was auf Lex' Schiff passiert war.

„Seine Frachtliste sah fast genauso aus wie das, was ich in den letzten Monaten transportiert habe", sagte sie. „Aber der Großteil unserer Arbeit findet innerhalb des Systems statt. Es ergibt keinen Sinn, den ganzen Weg bis hierher zu kommen", auch wenn 'hier' nicht mehr ganz zutreffend war. Sie hatten Lex' Schiff zurückgelassen, waren zurückgesprungen in den FTL-Modus und rasten auf Tarni zu.

„Er hätte diese Produkte also nicht in ein anderes System liefern können? An ein anderes Konsortium?" Ty lockerte seinen Griff um ihre Hand und drehte sie um, wobei er mit seinem Daumen langsam die Linien auf ihrer Handfläche nachzeichnete.

„Ich glaube nicht." Diese Berührung brannte und etwas zog sich in ihr zusammen, bereit, sich auf ihn zu stürzen.

„Dürfte ich die Aufzeichnungen sehen?", fragte er. Hätte sie nicht auf seinem Schoß gesessen, hätte sein Ton nicht verraten, dass er sie wollte. So sehr, dass sie es spüren konnte.

Dorsey drehte sich um, griff nach dem Tablet und reichte es ihm. Sie schaltete den Projektor ein, so dass sie beide die Daten sehen konnten. „Ich lasse einen Vergleichs- und Kontrastalgorithmus durchlaufen, um zu sehen, was sich noch in seinem Bestand befand und mit was er Tarni verlassen hat. Bisher sind die einzigen Dinge, die nicht mehr da sind, alle aus der Kategorie ‚Allgemeines'."

„Was ist das?"

„Könnte alles sein. Die meisten Unternehmen werfen alles dort hinein, was sie nicht leicht zuordnen können. Für die Inventarsysteme ist das die Hölle, aber ich muss mich nicht mit diesem Mist herumschlagen."

„Meinst du, es könnte ein Unfall gewesen sein?", fragte Ty vorsichtig. „Vielleicht gab es einen Fehler im Navigations- oder im Lebenserhaltungssystem deines Freundes."

Lex machte keine Fehler. Sie hätte es fast ausgesprochen, aber Dorsey zwang sich, es zu überdenken. Jeder könnte einen Fehler machen, und Lex wäre der erste, der sie daran erinnern würde. Er war gut, aber das machte ihn nicht unfehlbar. „Sicher, ich denke schon. Aber das erklärt immer noch nicht, wie er dort hinkam, wo er war."

Ty wischte mit der Hand und das Tablet schaltete sich aus. „Sich darüber den Kopf zu zerbrechen, wird das Rätsel heute Abend nicht mehr lösen. Schlaf ein paar Stunden, ich überwache das Navigationssystem. Wenn wir auf Tarni sind, können wir herausfinden, was passiert ist." Er küsste sie auf die Wange und ließ sie von seinem Schoß rutschen.

Sie erinnerte ihn nicht daran, dass er sie verlassen würde, sobald sie in Tarni angekommen waren. Was hätte das auch für einen Sinn ergeben? In diesem Moment musste sie glauben, dass es einen Menschen in der Galaxie gab, auf den sie sich verlassen konnte, auch wenn er ein außerirdischer Fast-Fremder war.

Auch wenn sie ihn gehen lassen musste.

7
KAPITEL SIEBEN

Die letzten drei Tage ihrer Reise verliefen in relativer Ruhe. Obwohl eine viertägige Reise durch den Hyperraum keineswegs lang war, war Ty nicht bewusst gewesen, wie weit sie von dem Ort entfernt waren, an dem Dorsey entführt worden war. Jaaxis war noch weiter entfernt. Die Tatsache, dass die beiden zur gleichen Zeit auf demselben Schiff gefangen gehalten wurden, ergab bisher wenig Sinn, zumal sie die einzigen Gefangenen waren.

Die Sklavenmärkte waren nahe genug am Jaaxis-Tor, um die Anwesenheit der Piraten zu erklären, aber warum hatten sie die halbe Galaxis durchquert, um dorthin zu gelangen? Sollte sich im Zusammenhang mit dem Tod des tarnianischen Piloten irgendetwas Verdächtiges ergeben, dann befürchtete Ty, dass mehr hinter der Sache steckte, als ihm bisher klar war. Wenn es ein krimineller Akt war, dann war dies eine Angelegenheit des Konsortiums, und Ty war unwissentlich hineingeraten.

Wenn es sich um ein Verbrechen handelte, bedeutete das auch, dass Dorsey in großer Gefahr war.

„Anschnallen", sagte Dorsey über die Sprechanlage. „Wir sind zehn Minuten von der Nina-Station entfernt."

Ty verschloss die Werkzeuge, mit denen er gearbeitet hatte, in einem Schrank. Im Maschinenraum eines Schiffes gab es immer Dinge, die repariert werden mussten, und es half ihm zu denken, wenn seine Hände beschäftigt waren. Der alte Notfilter, an dem er gearbeitet hatte, war nicht mehr zu retten, aber wenigstens waren die Schrauben jetzt richtig befestigt.

Er kletterte aus dem Maschinenraum und verschloss die Luke hinter sich. Vielleicht wäre es angebracht gewesen, sich ein frisches Shirt anzuziehen oder den Schweiß mit einem Handtuch abzutrocknen, denn im Maschinenraum war es heiß gewesen, aber er wollte neben Dorsey sitzen. Außerdem hatte er gesehen, wie sie ihn jedes Mal ansah, wenn er ein bisschen schwer gearbeitet hatte. Ihr Blick hatte erhebliche Auswirkungen auf seinen Körper.

Ty schlüpfte in den Sitz des Co-Piloten, als Dorsey gerade das Landesystem einschaltete. Das Andocken an eine Raumstation war mit einem guten Autonavigationssystem leicht zu bewerkstelligen, aber es erforderte dennoch große Aufmerksamkeit, falls etwas schief ging. Ty redete sich ein, dass das der Grund dafür war, dass sie ihm keinen Blick schenkte, als er sich anschnallte.

Es war schwierig, jemandem in einem kleinen Raumschiff aus dem Weg zu gehen. Jetzt musste er nur noch dafür sorgen, dass sie ihm nicht aus dem Weg gehen konnte, sobald sie an Land waren. Ty wollte Dorsey nicht aufgeben, und er würde sie keinesfalls allein lassen, wenn ihr Gefahr drohte.

Der Bildschirm vor ihnen wurde plötzlich hell, als Dorsey den FTL-Modus ausschaltete und Tarni und Nina Station in Sicht kamen. Tarni nahm den größten Teil des Bildschirms ein; blaue Ozeane, die von Wolken und großen Landmassen durchsetzt waren, bedeckten weite Teile der Oberfläche. So nahe am Planeten fühlte sich Ty klein und wurde daran erinnert, wie winzig eine einzelne Person im Vergleich zum großen Ganzen ist.

Die Nina-Station war ebenfalls gewaltig, aber nichts im Vergleich zu einem Planeten nach Wochen im leeren Weltraum. Eine neue Hoffnung erfüllte Ty. Jaaxis sollte seine letzte Station sein, doch hier war er, auf der anderen Seite der Galaxie, mit der Frau, die ihn gerettet hatte, auch wenn sie es nicht wusste.

Schließlich, *endlich*, warf sie ihm einen Blick zu, und ein freundliches Lächeln erhellte ihr Gesicht. „Es ist fast so gut wie nach Hause zu kommen", sagte sie.

„Du bist nicht von Tarni?" Nach all ihren Geschichten über das Konsortium hatte er angenommen, dass es ihr Heimatsystem war.

„Nein, das hier ist das einzig Wahre", gestikulierte sie mit einem kleinen Lachen.

„Das einzig Wahre?"

„Premium, Erdling der Güteklasse A. So weit draußen

gibt es nicht so viele von uns, aber es gibt ein paar Hundert von uns auf dem Planeten, die aus der Heimat stammen, und einige Tausend mehr, die erst in zweiter oder dritter Generation hier sind." Sie musste den Blick von ihm abwenden, um die Andocksteuerung zu betätigen.

„Wenn es hier so wenige Menschen gibt, wer sind dann die Leute von Tarni?" Jaaxis war voll von verschiedenen außerirdischen Spezies, ein Land der Flüchtlinge und Reisenden. Vielleicht war es im Konsortium dasselbe.

„Menschen, Oscavianer, Rogtanis, Neen, es gibt eine Menge verschiedener Spezies hier. Aber es wurde von Menschen gegründet, die vor Tausenden von Jahren von der Erde entführt wurden." Sie hielt einen Moment inne und neigte dann ihren Kopf zu ihm. „Wenn du ein bisschen hier bleibst, kann ich dir ein bisschen was von ihrer Geschichte zeigen."

Ty grinste. „Ich habe es nicht eilig, dich zu verlassen."

Sie grinste zurück und die Hoffnung blühte in ihm auf. Aber in diesem Moment beendete das Schiff den Andockvorgang und ihre Aufmerksamkeit richtete sich wieder auf die praktischen Anforderungen.

„Alle paar Stunden fliegen Shuttles zum Hafen der Nina-Station", sagte sie. „Wenn es keine Probleme mit dem Sicherheitspersonal gibt, können wir vor Einbruch der Dunkelheit dort sein. Im schlimmsten Fall bleiben wir die Nacht hier oben und fliegen dann morgen ..."

„LEGEN SIE ALLE WAFFEN NIEDER UND MELDEN

SIE SICH ZUR SOFORTIGEN INSPEKTION AN DER SCHLEUSE." Dorsey wurde durch eine dröhnende Stimme aus dem Lautsprecher unterbrochen.

„Ist das ...?"

„Das ist nicht normal", sagte sie mit besorgtem Blick. „Tu einfach, was sie sagen, das ist wahrscheinlich nur ein Missverständnis."

„Vielleicht wurde das Schiff als gestohlen gemeldet", schlug er vor. Es war unwahrscheinlich, dass die Piraten es auf ehrliche Art erworben hatten.

„Überlass mir das Reden. Bitte?", fügte sie im Nachhinein hinzu, aber Ty hatte nicht vor, ihr zu widersprechen, nicht hier. Hier kannte sie sich aus, sie kannte die Leute und die Konsequenzen.

Er wollte niemandem aus unangebrachtem männlichen Stolz auf die Füße treten. Außerdem brachte es sein Blut in Wallung, als er sah, wie selbstbewusst sie es mit den Autoritäten, mit denen sie es gleich zu tun haben würden, aufnahm und ihm damit zeigte, wie beeindruckend stark sie war. Seine Denya war keine zimperliche Jungfrau. Aber er behielt das alles für sich und sagte nur: „Natürlich."

Dorsey nahm einen Datenkristall von der Konsole und steckte ihn in ihre Tasche. Beide gingen schweigend zur Luftschleuse. Sie hatten keine Waffen, derer sie sich entledigen mussten; da sie nur zu zweit auf dem Schiff waren, sah Ty keinen Grund, das Rohr mit sich zu führen, das er auf Lex' Schiff dabei hatte.

„Ich glaube nicht, dass sie auf uns schießen werden",

sagte Dorsey, als sie die Schleuse erreichten. „Aber sei vorsichtig."

Nach dieser beruhigenden Anmerkung öffnete sie die Tür und dort standen vier Sicherheitsbeamte der Station, und alle hatten ihre Waffen auf sie gerichtet. Er und Dorsey hatten beide die Hände erhoben, und zeigten ihre Handflächen. Nach einem kurzen Moment der Anspannung senkte der Anführer, der aufgrund seiner Körpergröße möglicherweise ein Mensch war, was jedoch unmöglich zu erkennen war, da er vollständig in schwarze taktische Ausrüstung gekleidet war, seine Waffe. Kurz darauf taten seine Leute das Gleiche. Er hob die Hand und drückte einen Knopf an der Seite seines Helms, woraufhin sich das ganze Ding in den Anzug zurückzog.

Tys Vermutung war richtig. Der Mann war ein Mensch, jedenfalls zum größten Teil. Aber der silberne Glanz seiner Augen wies auf mechanische Verbesserungen hin. Er war ein Cyborg. Stärker, schneller und rücksichtsloser als jeder Mensch, bekleideten Cyborgs viele der höchsten Ränge in den menschlichen Militär- und Polizeikräften. Ohne vergleichbare Verbesserungen oder ein Fahrzeug konnte kein Mensch einem Cyborg davonlaufen.

Glücklicherweise schien dieser hier einigermaßen vernünftig zu sein, und als er zu sprechen begann, löste sich der Knoten in Tys Brust. „Dorsey? Was zum Teufel machst du auf einem Granda-Piratenschiff?"

Granda-Pirat? War das ihr Name? Sie hatten sich ja

nicht die Mühe gemacht, sich vorzustellen, als sie ihn gefangen genommen hatten.

Ty stand schweigend neben Dorsey, hielt den Rücken gerade und blickte ihn bedrohlich an. Vielleicht konnte er sich nicht gegen einen Cyborg durchsetzen, aber wer versuchen würde, seine Denya anzufassen, würde er den morgigen Tag nicht mehr erleben.

„Ich bin kein Pirat geworden, Max", sagte Dorsey mit einer Empörung, die man in so einer Situation nur gegenüber einem Menschen zeigte, den man gut kannte. Ty lehnte sich etwas näher zu ihr und war versucht, seinen Arm um ihre Schultern zu legen, aber das hätte die Wachen vielleicht nervös gemacht.

Max, der Cyborg, beäugte ihn abschätzend, während Dorsey sprach, und Tys Krallen juckten, sie wollten herausfahren und sehen, wie wehrhaft der Mann wirklich war. Hatte Max Interesse an Dorsey gezeigt? Wollte er sie immer noch? Schlimmer noch, wollte Dorsey ihn? Es war einfach, Pläne für die Zukunft zu machen, wenn man allein auf einem Schiff war, aber wenn man auf das richtige Leben traf, wurden die Dinge kompliziert.

„Du hast die Grenzen der Gesetze schon früher gelegentlich gedehnt, Dorsey." Dass der Cyborg seine Waffe nicht ins Holster zurückgesteckt hatte, war Ty nicht entgangen.

Dorsey ließ die Hände sinken, verschränkte die Arme und wippte nervös mit dem Fuß. „Wir wurden beide von Piraten entführt. Sklavenhändler, denken wir. Zum Glück waren sie im Entführen besser als im Bewachen, und wir konnten entkommen, indem wir das Schiff gestohlen haben."

„Und wer ist dein Freund?" Jetzt richtete er seinen Blick direkt auf Ty.

„Tyral NaRaxos", stellte Ty sich mit einem Nicken vor. „Detyen-Pilot."

Max' Augen blitzten auf, und Ty konnte sehen, dass seine Augen nicht die einzigen Verbesserungen waren, die an ihm vorgenommen wurden. „Detyen?", sagte Max. „Wie alt bist du?" Um diese Frage als sinnvoll zu erachten, muss er eine Datenbank mit den charakteristischen Eigenschaften aller Spezies in seinem Kopf haben.

Es gab keinen Grund zu lügen. „Neunundzwanzig."

Max blickte zwischen Dorsey und Ty hin und her, sein Blick war zu scharf. Aber er sagte nichts mehr und steckte seine Waffe ins Holster. „Beqk, bring sie in Quarantäne Eins."

„Warte!", rief Dorsey, bevor sie abgeführt werden konnten. Sie griff in ihre Tasche und holte den Datenkristall heraus. „Wir haben die Leiche von Lex Omacnaron, einem anderen Frachterpiloten, auf unserem Weg hierher gefunden. Er ist in der Krankenstation."

Max schnappte sich den Kristall und nickte. Ty bezweifelte, dass es damit getan war, aber einer der Sicherheitsleute führte sie weg, und es blieb nichts anderes zu tun, als zu warten.

———

Quarantäne Eins klang viel beängstigender als es in Wirklichkeit war. Dorsey hatte vergessen, dass es ein Standardverfahren gab, wonach jeder, der von außerhalb des Systems kam, isoliert werden musste. Wenn Max und seine Schläger ihre Geschichte verifizieren konnten, sollten sie und Ty nicht länger als ein paar Stunden festsitzen.

Einer der besagten Schläger schloss sie und Ty in den Raum ein und verließ sie ohne ein Wort. Ein Bett, das gerade groß genug für zwei Personen war, stand an einer Wand, und an der anderen stand eine Couch, ebenfalls für zwei Personen. Das Bad befand sich hinter einer Tür, und es gab keine Küche, aber auf dem Tisch vor der Couch stand ein Korb mit Snacks.

„Wenigstens keine Energieriegel", sagte Ty, während er sich umsah.

„Ich kenne Max, er wird uns nicht lange festhalten", sagte sie und hoffte, dass sie recht hatte. Sie schlüpfte aus ihren Schuhen und ließ sich auf das Bett fallen. Wenigstens gab es eine ordentliche Matratze. Das Liegen fühlte sich himmlisch bequem an, und sie musste sich ein wohliges Stöhnen verkneifen.

„Kennst du ihn gut?" Da war etwas Undefinierbares, etwas fast Gefährliches in seiner Stimme. Warum es ihr einen Schauer über den Rücken jagte, wollte Dorsey gar nicht wissen.

„Er ist einer von Ninas Spitzenleuten. Wir stehen uns nicht sehr nahe, aber ich würde sagen, wir kennen uns einigermaßen gut." Sie rollte sich auf die Seite und sah zu, wie er seine Schuhe und sein Oberteil auszog. „Was machst du da?"

„Da ist eine Dusche, auf der mein Name steht." Er hakte seine Daumen in den Hosenbund, und Dorsey tat ihr Bestes, überall hinzusehen, nur nicht in seine Richtung. Der Mann hatte keinen Funken Schamgefühl, und sie wusste genau, wie gut und hart sich seine Muskeln an ihrem Körper anfühlten.

Zum Glück schloss er die Badezimmertür hinter sich und stellte nach einem Moment das Wasser an.

Das Geräusch des Wassers wirkte auf sie wie ein Schlaflied, und nach einer Minute fielen ihr die Augen zu, und ihr Körper entspannte sich zum ersten Mal, seit sie entführt worden war. Sie waren noch nicht zu Hause, noch nicht in Sicherheit. Ty war sogar noch weiter von seinem Zuhause entfernt. Aber sobald die Quarantäne vorbei war, würden sie an Land gehen, und relativ sicher sein auf Ninas Territorium.

Und sie würden zusammen sein, wenigstens so lange, wie Ty bei ihr bleiben würde.

Dieser Gedanke meldete sich in ihrem Hinterkopf. Wollte sie, dass er ging? Oder dass er blieb? Was wollte sie wirklich von ihm? Jetzt, wo sie ein wenig Zeit hatte, alles zu überdenken, was sie zusammen getan hatten, und ihn kennenzulernen, war sie sich nicht mehr sicher, ob es ein Fehler gewesen war.

Sicher, mit ihm zu schlafen war eine spontane Entscheidung gewesen, aber Adrenalin und Lust und etwas, das sie nicht benennen konnte, hatten sich vermischt und es absolut unmöglich gemacht, zu widerstehen, mit ihm ins Bett — oder, nun ja, ins Cockpit — zu fallen.

Sie driftete weg, nicht ganz wach, nicht richtig schlafend, die Gedanken und Wünsche drehten sich in ihrem Kopf. Irgendwann später wurde das Wasser abgestellt, und Ty trat aus dem Bad, wobei Dampf austrat und den Raum erwärmte. Ein paar Minuten später senkte sich das Bett hinter ihrem Rücken, als er hineinrutschte, seinen Arm um ihre Körpermitte legte und sie an sich zog.

Dorsey murmelte etwas, das nicht mehr als Sprache identifizierbar war. Ty schien das nicht zu stören. Sie lag ein paar Minuten lang da, mit seinem Arm um sie herum, aber so gut er sich auch an ihrem Rücken anfühlte, es war nicht genug. Sie wollte ihn sehen.

Sie drehte sich um und neigte den Kopf nach oben. Es war immer noch ein kleiner Schock, ihn anzusehen, besonders jetzt. Sie fuhr mit dem Finger von seiner Stirn bis zu seiner Nase. Zuhause wurden Männer anders hergestellt. Zumindest nicht in Blau.

Einige Außerirdische hatten es bis zur Erde geschafft, aber der Planet war so abgelegen, dass es dort nur wenige Arten gab. Die meisten von ihnen waren irgendwie grau und hatten imposante Hörner auf dem Kopf. Als Dorsey noch bei ihrer Familie lebte, durfte sie nie in ihre Nähe gehen. Und als sie soweit war, die Erde verlassen hatte, interessierte sie sich nicht mehr dafür, sie besser kennenzulernen.

Ty erinnerte sie nicht an diese furchterregenden

Kreaturen. Und er erinnerte sie nicht an einen männlichen Menschen, trotz der Ähnlichkeit. Er hatte etwas Ursprüngliches an sich, etwas, das sie von innen heraus ansprach. Sie war noch nie jemand, der sich leicht der Leidenschaft hingab, außer wenn sie in seiner Nähe war.

Sie bemerkte, dass er nackt war, was durch die zerwühlten Laken zwischen ihnen nicht offensichtlich gewesen war. Aber es fühlte sich ganz natürlich an, so an ihn gekuschelt zu sein. Sie bedauerte, dass sie das Schlafshirt trug, denn ihre Haut sehnte sich nach der Nähe zu ihm.

Dorsey fuhr mit ihrer Hand an Tys Arm entlang und war überrascht, dass er sich fast hart anfühlte. Er war nicht schuppig, aber er fühlte sich leicht schwielig an, jede der dunklen Markierungen auf seiner Haut hob sich vom Rest ab. „Habt ihr alle solche Markierungen?", fragte sie. Kaum hatte sie die Worte ausgesprochen, wollte sie sie auch schon wieder zurücknehmen. Was, wenn ihre Worte eine Beleidigung waren? Das war das Problem, wenn man es mit Außerirdischen zu tun hatte, ein Mädchen konnte nie genau wissen, was angemessen war.

Aber Ty zitterte ein wenig, als sie die Ränder eines der dicken dunkelblauen Quadrate nachzeichnete, und sie bekam den Eindruck, dass sie empfindlicher waren, als sie aussahen. „Man nennt sie Clanzeichen", erklärte er.

„Du gehörst einem Clan an?" Sie konnte sich nicht erinnern, dass er zuvor von Familie gesprochen hatte.

Vielleicht hatte seine Art andere Formen des Zusammenlebens als die Menschen.

„Raxos ist mein Clan. Mein vollständiger Name ist Tyral NaRaxos. Aber die meisten Clans sind schon vor langer Zeit verschwunden." Als sein Volk vernichtet wurde.

Dorsey senkte den Kopf und strich mit den Lippen über die Ränder seiner Markierungen. Es waren zu viele, um sie jetzt alle zu küssen, aber sie versprach sich, dass sie jeden Zentimeter von ihm kennenlernen würde. Der Stoff des Bettzeugs kratzte an ihren nackten Beinen und betonte nur, wie warm und lebendig Ty neben ihr war.

Er hatte einen ganz eigenen Geschmack, fast süß auf ihrer Zunge, mit einem Hauch von etwas Männlichem, und von etwas, das ihr völlig fremd war. Es hätte seltsam sein sollen, aber er war ihr so schmerzlich vertraut, es war so zerstörerisch richtig, dass sie nicht widerstehen konnte.

Er veränderte seine Position, und plötzlich war mehr *von ihm da, überall um sie herum, so dass ihre Sinne förmlich überflutet wurden.*

Seine Arme waren wie schwere Gewichte um sie herum, und sein Mund war auf ihrem, die Zungen trafen sich, während ihre Sinne explodierten. Dorsey wölbte sich nach oben, bot sich ihm völlig an und bettelte förmlich um seine Berührung.

Und Ty gehorchte, seine Küsse wurden intensiver, seine Hände bewegten sich wie umherstreifende Plünderer über ihren Körper. Funken der Lust verfolgten seine Liebkosungen und Dorsey stöhnte um seine Zunge herum.

Doch dann zog er sich zurück und atmete schwer. Sie starrten sich an, beide mit großen Augen, und sie spürte, wie etwas Undefinierbares in ihr *klickte*.

Oh, es schien zu sagen, du bist es. Wo warst du so lange?

Es war, als würde sich ein Band zwischen ihr und Ty spannen, eine Verbindung, die es zwischen zwei Personen nicht geben konnte. Wenn sie die Augen schloss, konnte sie es fast sehen. Es war berauschend.

Und erschreckend.

Ty legte seine Arme fester um sie, und Dorsey lehnte ihren Kopf an seine Brust, sein Herz schlug an ihrem Ohr so schnell wie ihr eigenes.

Sie sprachen nicht, es war nicht nötig. Und schließlich schlief Dorsey ein.

8
KAPITEL ACHT

Ohne Außenlicht und ohne Uhr in der Quarantänekammer war es schwierig, die Uhrzeit abzuschätzen. Ty war sich sicher, dass sie nicht schon einen ganzen Tag dort waren, allerdings wusste er nicht, wie lange er und Dorsey geschlafen hatten. Sie war gerade aus der Dusche gekommen saß auf dem Bett und trocknete sich die Haare mit einem Handtuch. Er überlegte, ob er aus dem Inhalt des Lebensmittelkorbs, den sie erhalten hatten, eine Art Wasseruhr basteln konnte.

„Das Warten macht dich verrückt, nicht wahr?", fragte Dorsey in einem Anflug von Gelassenheit.

Als er sie so sah, nur mit dem Handtuch bekleidet, dachte Ty, dass es viel bessere Möglichkeiten gab, sich die Zeit zu vertreiben, als mit notdürftiger Technik. „Willst du meinen Verstand retten?", fragte er, pirschte sich an sie heran und lehnte sich dicht an sie, die Hände auf ihren beiden Seiten platziert.

Bevor er sie küssen konnte, surrte die Eingangstür, während sich das Schloss öffnete. Ty richtete sich auf und wirbelte herum, um Dorsey vor den Blicken des Besuchers zu schützen. Er erkannte den jungen, blassen Menschen, der durch die Tür kam, nicht. Sein lockiges blondes Haar stand nach allen Seiten von seinem Kopf ab und sein Gesicht hatte rote Flecken. Er sah eher aus wie ein Kind, und nicht wie ein Mann.

„Euer Transport ist arrangiert", sagte er. „Ich soll euch einzeln zum Transportdepot begleiten." Seine Stimme quietschte beim letzten Wort, was seine Autorität untergrub.

„Können wir uns erst kurz fertig machen?", schnauzte Ty ihn an. Sie waren wie Kriminelle eingesperrt worden und man hatte nicht einmal den Anstand gehabt, ihnen wegen der bevorstehenden Abreise rechtzeitig Bescheid zu geben.

„Wie wäre es, wenn er dich zuerst mitnimmt und ich dann folge?", bot Dorsey an und blickte über seine Schulter.

„Ich soll dich zuerst dort hinbringen", sagte der Junge, schüttelte den Kopf und versuchte, stark zu klingen. Ty stellte sich ein Kätzchen vor, das versucht, wie ein Löwe zu brüllen. Dies musste der erste Auftrag des Jungen sein; Ty weigerte sich, etwas anderes zu glauben.

„Dann gib mir fünf Minuten", sagte Dorsey. „Und mach die Tür hinter dir zu."

„Gut, aber du kommst in fünf Minuten mit, ob du

nun angezogen bist oder nicht." Er schlug die Tür zu, schloss aber nicht ab.

Ty drehte sich um und sah Dorsey, die versuchte, ein Lächeln zu unterdrücken.

„Bist du nicht auch eingeschüchtert von all der Macht, die der Sicherheitsdienst dieser Station aufgefahren hat?", fragte er und unterdrückte sein eigenes Lachen.

Das war genug, damit sie die Beherrschung verlor. Sie beugte sich vor, bis ihre Stirn an seiner Schulter ruhte, und ihr Körper schüttelte sich, als ein wie Schluchzen klingendes Lachen sie übermannte. „Irgendwann müssen sie ja ausgebildet werden. Ich verstehe es, aber ich habe schon Welpen gesehen, die furchteinflößender waren als dieses Kind." Sie zog ihr Handtuch, das heruntergerutscht war, wieder nach oben, und ermöglichte ihm damit einen kurzen verlockenden Blick auf ihre Brüste.

Sie hatten nur fünf Minuten. Ty stahl sich einen kurzen Kuss und trat dann zurück, damit Dorsey sich anziehen konnte.

Genau fünf Minuten später kam der Wachmann zurück und brachte Dorsey weg. Ty wusste nicht, wie weit das Transportdepot entfernt war, aber er bezweifelte, dass es in der Nähe war. Eine Quarantänestation wäre überflüssig, wenn Ausbrecher einfach auf ein Schiff zum Planeten gelangen könnten.

Er zog sein Shirt und seine Schuhe an und wartete auf die Rückkehr des Jungen.

Es stellte sich heraus, dass die Zeit ohne Dorsey noch langsamer verging, zumindest fühlte es sich so an. Er setzte sich hin und sortierte die übrigen Päckchen mit getrockneten Lebensmitteln, die sie nicht gegessen hatten, aus dem Korb. Danach versuchte er, die Päckchen zu stapeln und verfluchte die künstliche Schwerkraft, als sie umkippten.

Die Zeit verging und er war immer noch allein.

Ungeduld kann einen Mann umbringen, aber es war schwer, wie ein gefangenes Tier zu warten, nachdem seine Denya weggebracht worden war. Er wusste, dass das alles psychologischer Blödsinn war und dass er noch nicht lange alleine war, aber sein Herzschlag beschleunigte sich und er fühlte sich eingeengt. Er lief im Zimmer umher und versuchte, Dampf abzulassen, aber das machte es nur noch schlimmer.

Was war los mit ihm?

Er schlug mit der Faust gegen die Wand, seine Krallen kamen heraus, als er die Faust wegzog, und ritzten Furchen in die Oberfläche.

Als ob das den Wachmann herbeigerufen hätte, hörte er, wie sich ein Mechanismus in der Tür drehte und sie sich öffnete. Ty trat zurück und erwartete den jungen Wachmann, der ihn abholen sollte.

Stattdessen war es Max.

Der Cyborg musterte ihn, sein Blick glitt hinunter zu Tys sich schnell wieder einziehenden Krallen, und wieder hinauf. „Ist alles in Ordnung, Mr. NaRaxos?“, fragte er.

„Ich warte darauf, aus dieser Zelle herauszukommen", knurrte Ty und ballte eine Faust.

Der Cyborg ließ sich von der angedeuteten Drohung nicht beeindrucken. „Zu gegebener Zeit", sagte er. „Würden Sie Ms. Kwan bitte sagen, dass ich sie sprechen möchte?" Er blickte an Ty vorbei zur fast geschlossenen Badezimmertür, als ob sie dort drin wäre.

Er war alarmiert. „Wovon reden Sie? Ihr Mann war hier und hat sie zum Transportdepot gebracht." Etwas spannte sich am unteren Ende von Tys Wirbelsäule an und versuchte, sich mit Eiseskälte an seinem Rücken hochzuarbeiten.

„Wer hat sie geholt?" Max bellte ihn an als wäre Ty einer seiner Idioten.

Aber Dorsey könnte in Gefahr sein und Ty hatte keine Zeit für einen Wettbewerb im Weitpinkeln. „Irgendein Kerl, jung, menschlich, blondes Haar, rote Wangen. Einen Namen hat er nicht genannt. Das ist mindestens eine halbe Stunde, vielleicht auch schon eine Stunde, her." Er sprach schnell. Er durfte keine Zeit verlieren.

Max' Augen flackerten, während er die Informationen verarbeitete. Ty fragte sich, ob er das absichtlich tat oder ob das eine Nebenwirkung der kybernetischen Verbesserungen war, die an ihm vorgenommen worden waren. „Collins", sagte er, und es klang wie ein Fluch. Und dann fluchte er tatsächlich. „Für Dorsey Kwan ist eine offizielle Transferanfrage eingegangen." Max sagte ‚Transferanfrage', als meinte er ‚Hinrichtungsbefehl'.

„Was bedeutet das?" Die politischen Gegebenheiten

dieses Ortes waren zu kompliziert, um sie an einem Tag zu begreifen. Aber er glaubte, ein paar Leute zu verprügeln, könnte die bürokratischen Hindernisse beseitigen.

„Commander Droscus hat eine Forderung in ihrer Akte vermerkt. Sie soll heute Morgen in seine Zitadelle gebracht werden", sagte Max mit zusammengebissenen Zähnen und war wie erstarrt. „Es wurde offiziell vom Stationsleiter genehmigt."

„Ich dachte, das sei Ninas Territorium?" Es gab mindestens zwei Warlords, die den Planeten beherrschten, erinnerte er sich. Aber wenn dies die Nina-Station war, warum konnte dann ein anderer Kommandant Forderungen stellen?

„Inoffiziell ja, aber alle Raumstationen sind *technisch* gesehen neutrales Gebiet. Wenn ich mich einmische, wird das zu ... Komplikationen führen", und das gefiel ihm offensichtlich nicht, denn es gefährdete seine Position. „Der Kommandant wäre darüber nicht erfreut."

„Glaubst du, es interessiert mich, was dein Kommandant denkt?", knurrte Ty. Er machte zwei bedrohliche Schritte auf den Cyborg zu, der auf übernatürliche Weise ruhig blieb.

Max legte den Kopf schief und studierte ihn. „Sie kann einen Frachterpiloten ohne Beziehungen nicht schützen, nicht hier. Nicht ohne Folgen. Ich kann einer Frau, die ich als meine Freundin betrachte, nicht helfen."

„Dann geh mir aus dem Weg und ich werde sie beschützen." Wenn er sich nicht bewegen würde, würde Ty ihn beiseite schieben und die Sache selbst erledigen.

„Ist sie deine Gefährtin?", fragte Max mit einem Wissen, das er nicht haben sollte.

Ty wollte sich auf ihn stürzen und ihn anknurren, aber der Mann schien zu versuchen, zu helfen, wenn auch auf ineffiziente Art. „Und wenn sie es ist?"

„Weiß sie, womit sie es zu tun hat? Und was auf dem Spiel steht?" Und damit war es bestätigt. Der Cyborg hatte Dorsey zwar als Freundin bezeichnet, aber er hatte mehr gewollt. Pech gehabt, zu spät.

„Ich werde diese Station Stein für Stein auseinandernehmen, wenn du mich nicht gehen lässt", versprach er.

Max nickte. „Ich nehme an, das beantwortet meine Frage." Er zog ein dünnes Gerät aus seiner Tasche; es sah aus wie ein Blatt Papier, aber als er mit der Hand darüber wischte, sah Ty, dass es sich um ein ultradünnes Tablet handelte. Max hielt es Ty hin. „Ich kann sie nicht aus dem Shuttle holen oder den Abflug verhindern", sagte Max mit trügerischer Ruhe, „aber wenn ihr es zum Nina Port Shuttle schafft, werdet ihr beide an Bord gelassen. Gib dem Flugbegleiter eure Namen und sage ihm, dass ihr dem Befehl von Kapitän Staunton untersteht. Folge der roten Linie, die führt zum Transportdepot. Collins hat sicher kein Fahrzeug genommen, denn das wäre aufgezeichnet worden. Sein Fahrzeugcode ist 0227, nimm eines der Hover-Bikes und du bist in fünfzehn Minuten dort. Viel Glück."

Ty nahm die Karte und rannte aus dem Raum, ohne sich beim Sicherheitschef zu bedanken. Dafür hatte er keine Zeit, weil jede Sekunde zählte.

Als sich die erste Tür im Flur vor ihm öffnete, wusste Ty, dass Max ihm auf seinem Weg noch eine weitere Hilfestellung hatte zukommen lassen. Vielleicht hätte er sich diese eine Sekunde nehmen sollen, um ihm zu danken. Außerhalb der Korridore der Quarantänezone angekommen, brauchte Ty einen Moment, um sich zu orientieren. Die Wände hier waren in einem sanften Blau gehalten, als wollten sie denjenigen, die hier entlanggingen, an den Himmel an einem perfekten Tag erinnern.

Eine rote Linie in der Mitte des Bodens markierte die Richtung, allerdings war dieser Flur fast menschenleer. Ein Blick auf seine Karte zeigte Ty, dass er sich am Ende des nächsten Ganges ein Hover-Bike schnappen konnte. Er wollte rennen, aber er zwang sich zu einem zügigen Gehen. Er wusste nicht, ob die Wachen, die dort irgendwo lauern mussten, ihn aufhalten würden, wenn er rannte.

Er kam an einem Bullauge vorbei und erblickte den Planeten unter ihnen. Ein Schiff hatte gerade von der Station abgedockt und raste auf das Land zu. Ein weiteres Shuttle war kurz vor dem Andocken. Er musste glauben, dass Dorsey nicht auf dem gerade abgeflogenen Shuttle war; er konnte sie jetzt nicht verlieren.

An der Station für Hover-Bikes gab er Collins' Code ein und nahm das Bike, das am nächsten an der Tür stand. Nach einer weiteren Eingabe des Codes in das Zündschloss wurde das Bike eingeschaltet.

Er raste durch die Gänge der Station, wich Fußgängern und anderen Fahrzeugen aus und schaute in kurzen

Abständen auf die Karte. Als er sich sicher war, dass er den Weg im Kopf hatte, steckte er die Karte in seine Tasche und beschleunigte das Tempo. Es war jetzt nicht mehr weit.

Er bog um eine letzte Ecke, und in einiger Entfernung kam ein großes Tor in Sicht, das ihm den Weg versperrte. Über der Tür war ein Schild mit der Aufschrift TRANS-PORT- UND TRANSFER-DEPOT angebracht. Er stieg vom Bike ab und parkte es in dem kleinen Raum, der für die Fahrzeuge auf der Station vorgesehen war.

Die Tür war nicht passwortgeschützt und öffnete sich, als er mit der Hand vor dem Bewegungssensor winkte. Die Tür öffnete sich und gab den Blick auf eine geschäftige Halle voller Menschen, Maschinen und Wachleuten frei, die alle zu beschäftigt waren, um ihm Aufmerksamkeit zu schenken. An den vier Wänden waren jeweils einige Aufenthaltsbereiche eingerichtet, insgesamt ein Dutzend, von denen jedoch nur drei mit wartenden Passagieren besetzt waren. Auf der offenen Fläche in der Mitte des Raumes standen Gepäckstücke, die von einer schläfrig aussehenden Frau in einer zerknitterten Uniform bewacht wurden.

Über die Lautsprecher ertönten Durchsagen in Inter-stellar Common und einer Sprache, die sein Übersetzer nicht kannte, und kündigten die Ankunft und den Abflug von Shuttles und Raumschiffen an. Es waren Hunderte von Personen in der Halle und er konnte Dorsey nirgends entdecken.

Ein Monitor an einer Wand zeigte die ankommenden

und abfliegenden Schiffe an. Er wusste nur, dass Dorsey auf dem Weg zu dem Shuttle war, das in Droscus' Gebiet fliegen sollte. Er wusste nicht, wie die Zitadelle hieß und wann das Shuttle abfliegen sollte.

Er sah sich die Wartebereiche an und wählte denjenigen aus, in dem die Menschen am unglücklichsten aussahen. Nach allem, was er gehört hatte, war das Territorium von Droscus kein guter Ort. Ty ging auf eine junge Frau zu, die eine Tasche über eine Schulter gehängt hatte.

„Geht von hier das Shuttle zur Zitadelle?", fragte er und hoffte, dass er nicht völlig verrückt klang.

Die Frau starrte ihn ausdruckslos an. Er versuchte seine Frage noch einmal in einer anderen Sprache, aber sie verstand immer noch nicht. Eine Frau neben ihr, die ein dunkles Kleid und einen blauen Seidenschal über dem Kopf trug, starrte ihn an und sagte: „Da drüben", und deutete auf einen überfüllten Wartebereich auf der anderen Seite des Raumes.

Am Gate, auf das sie zeigte, warteten besonders viele Leute, aber alle standen in geordneten Reihen zwischen Pfosten mit Laserschranken. Ty ging hin und her, um entweder Dorsey oder den verräterischen Collins zu finden. Aber sie standen weder in einer der fünf Reihen, noch saßen sie auf den Stühlen an der Seite.

Die Hoffnung war noch nicht verloren. Das Shuttle war noch nicht weg. Ty zwang sich, stillzustehen und zu atmen, konzentrierte sich auf den Raum und griff in seinem Inneren nach dem aufkeimenden Denya-Band zwischen ihnen. Es war eine schwache Verbindung, gerade neu entstanden und nicht ganz sicher, ob sie willkommen war. Aber das reichte schon aus.

Ty drehte sich um und ging zurück zum Tor, durch das er hereingekommen war, und bog im letzten Moment ab. Ein kleiner Flur war hinter einem Vorhang verborgen, der wie eine Dekoration aussehen sollte. Er schob den Vorgang beiseite und stürmte hindurch, die Krallen bereit, beim ersten Anzeichen von Ärger an die Oberfläche zu kommen. Seine Krallen waren tödliche Waffen, aber zu einem Blaster hätte er jetzt auch nicht Nein gesagt.

Das spielte aber keine Rolle. Er würde seine Denya zurückholen, mit oder ohne Blaster.

9
KAPITEL NEUN

Dorsey bemerkte, dass mit dem Wachmann — Collins stand auf seinem Namensschild — irgendetwas nicht stimmte, als sie etwa zehn Minuten in Richtung des Transportdepots unterwegs waren. Der erste Verdacht kam ihr, als er die Hover-Bikes ignorierte, mit denen man sich schnell auf der Station fortbewegen konnte. Dann schob er sie in eine Abstellkammer, als einer seiner Kollegen um eine Ecke bog und auf ihn zukam.

Was ihn allerdings endgültig verriet, war sein Schwitzen. Der Junge war definitiv nicht für den Geheimdienst gemacht. Aber er hatte einen Blaster und er hatte die Sicherheitscodes für jeden Sektor der Station. Wenn sie versuchen würde, zu fliehen, käme sie nicht weit.

Dass er tatsächlich zum Transportdepot ging, war eine Überraschung, aber anstatt sie zum Gate für den Shuttle nach Nina Port zu bringen und dann Ty zu holen, führte er sie durch einen versteckten Flur, setzte sie hin und fesselte ihre Hände an einen Stuhl, der speziell für Gefangene gedacht war.

Es gab keine richtige Tür zu dem Raum, aber der Flur war lang und niemand würde sie hören, wenn sie um Hilfe rief. Nun, niemand außer Collins, und der hätte sicher kein Mitgefühl.

„Der Kommandantin wird es nicht gefallen, wenn ich verschwinde", sagte sie dem Korporal. Das stimmte nicht ganz. Nina würde sie sicher wiedererkennen, aber sie hatten keine besondere Beziehung zueinander. Dennoch war dies Ninas Station. Selbst wenn die Station neutral war, hatte sie immer noch das Kommando.

„Du bist ein unbedeutender Frachtpilot, der sich mit einem Außerirdischen eingelassen hat. Meinst du, das interessiert sie?", schnauzte Collins sie an und seine Wangen wurden noch röter. Er konnte sein Erröten nicht kontrollieren und war auch sonst kaum in Lage, seine körperlichen Reaktionen auf ein Minimum zu beschränken. Seine Hände waren zu Fäusten geballt, und er blickte so finster drein, dass ihm das Gesicht wehtun musste.

„Ich denke, es wird sie interessieren, dass ein Sicherheitsmann, den sie bezahlt, sie verraten hat." Er zuckte zusammen, aber Dorsey war immer noch an den Stuhl gefesselt.

„Wenn du deine Nase nicht ..." Er brach ab, wandte sich von Dorsey ab und schaute den Flur hinunter, als ob er darauf warten würde, dass jemand zu seiner Unterstützung käme. Sie schwiegen lange Zeit, die Minuten verstrichen, nur das schwache Echo der Lautsprecherdurchsagen vom Depot drang zu ihnen durch.

Wenn ich meine Nase nicht in was gesteckt hätte?, wollte Dorsey fragen. Ging es um die Leiche von Lex? Oder ging es darum, dass sie den Piraten entkommen war? Oder darum, dass sie Ty gefunden hatte? Was war hier Ursache und was Wirkung? Und warum interessierte sich Droscus — denn es konnte ja niemand anderes als Droscus sein — dafür? Sie hatte mit ihm für ihre Firma Geschäfte abgewickelt, wie es alle Piloten irgendwann taten, aber sie hatte den Mann noch nie getroffen! Warum sollte er einen Wachmann anheuern, um sie von der Station zu schmuggeln?

Sie bemerkte, dass etwas am Rande ihres Verstandes ihre Aufmerksamkeit suchte, etwas, das sie sich nicht erklären konnte. Es fühlte sich an wie Ty. Sie konnte es nicht mit ihren Sinnen wahrnehmen, es nicht sehen oder riechen, aber da war das Gefühl seiner Anwesenheit. Sie war bereit, ihr Leben darauf zu verwetten, dass er in der Nähe war, dass er sie holen wollte.

„Collins!", rief sie und versuchte, seine Aufmerksamkeit vom Flur abzulenken. Wenn Ty kommen würde, gab es nur einen Weg, nämlich durch diesen Flur. Es war verrückt zu glauben, dass er kam, um sie zu retten, aber sie wusste in ihrem Herzen, dass es wahr war.

Der Wachmann ignorierte sie.

„Komm schon, Collins, ich will dein Spiel spielen",

versuchte sie es erneut. Sie musste nur Zeit gewinnen. „Komm hier rüber.“

Collins fuhr herum: „Was?“, fragte er. „Was könntest du zu sagen haben, du … du …“

„Hast du deine Zunge verschluckt?“ Die spöttische Bemerkung rutschte ihr heraus und sie hatte keine Zeit, sie zu bereuen.

Der stechende Schmerz seines Schlags breitete sich über ihre Wange aus, bevor sie merkte, dass er sie schlagen wollte. Verdammt, der Junge war schnell und stark. Aus ihm hätte eines Tages etwas werden können. Es war fast zu schade, dass er nie ein richtiger Soldat werden würde, nicht nachdem sie mit ihm fertig war.

Ihre Ohren dröhnten von der Wucht des Schlages und sie nahm den kupfernen Geschmack des Blutes wahr, das auf ihrer Zunge war. Dorsey drehte ihren Kopf zu ihm und sah ihm direkt in die Augen, wobei sie eine Augenbraue hochzog. „Ich biete dir Informationen an und das bekomme ich dafür?“

„Ich brauche nichts von dem, was du zu sagen hast“, spottete er.

Nicht gut. Dieses eigentlich unmögliche Bewusstsein von Tys Nähe kam immer näher, aber er war noch nicht bei ihr. *Ty*, versuchte sie in Gedanken zu rufen, *bitte, finde mich!* Vielleicht war es das, was er gemeint hatte, als er von der psychischen Verbindung sprach. Wenn es jetzt ein Band zwischen ihnen gäbe, würde sie sich bei ihren Glückssternen bedanken.

Collins drehte sich in Richtung Flur und Dorsey

versuchte, ihn davon abzuhalten, aber ihre Arme waren immer noch mit Metallfesseln an den Stuhl gebunden. Das Geräusch ihres Kampfes gegen die Fesseln erregte seine Aufmerksamkeit und er drehte sich mit einem hämischen Grinsen um.

Dorsey versuchte, ihren Gesichtsausdruck neutral zu halten, während die Galle in ihrem Magen brodelte und hoch in ihre Kehle stieg. Sie hatte diese Art von Lächeln schon gesehen. So etwas sah man immer dann, wenn eine bestimmte Art von Mann eine Frau hilflos vor sich hatte. Und es ging nie gut aus.

Collins beugte sich über sie und war sich absolut sicher, dass sie ihm völlig ausgeliefert war. Und das wäre sie auch gewesen, wenn sie nicht direkt hinter seiner Schulter eine flüchtige Bewegung wahrgenommen hätte. Dorsey richtete ihren Blick wieder auf Collins, als er eine Hand auf ihren Arm legte, sein Griff war zu fest, um nicht bedrohlich zu sein.

„Du bist nur ein kleines Mädchen, das noch nicht einmal weiß, in was es hineingeraten ist", trällerte er, legte seine Hand flach auf ihre Brust und ließ sie darüber gleiten.

„Ich bin mir ziemlich sicher, dass du dich da irrst", sagte sie, und die Angst verwandelte sich mit jeder Sekunde, die sie darauf wartete, dass Ty den ersten Schritt machte, wieder in Wut.

„Ach ja?"

Er zuckte zurück, als eine blaue Hand mit Krallen an

den Fingerknöcheln seine Kehle umklammerte. „Oh“, sagte Ty, während er ihn festhielt, „ja.“

„Töte ihn nicht, er könnte etwas wissen“, sagte Dorsey, bevor Ty seine Rache nehmen konnte. Sie würde sich selbst belügen, wenn sie nicht zugeben würde, dass ein Teil von ihr wünschte, er würde nicht auf sie hören.

Aber Ty hielt inne. „Hat sie recht?“, fragte er, seine Stimme war gefährlich und so sexy, dass sie spürte, wie ihr die Hitze in den Nacken kroch. „Was weißt du?“

„Nichts!“, quiekte Collins, dessen starke Haltung sich beim kleinsten Anzeichen von Zwang in eine Pfütze aus Gelee verwandelte.

Ty blickte zu Dorsey hinüber, sein Gesichtsausdruck war eisig, während er sich ein Bild von ihrem Zustand machte. „Er weiß nichts, darf ich ihn jetzt töten?“

Sie wollte Ja sagen und Ty küssen. Sie hatte bisher nicht gewusst, dass sie so blutrünstig sein konnte. „Wir müssen ihn zu Max bringen.“ Sie vertraute dem Captain immer noch, trotz der Quarantäne.

„Unser Shuttle geht in zehn Minuten, wir haben keine Zeit.“ Er erklärte nicht, wie er ihnen den Platz auf einem Shuttle verschafft hatte, und Dorsey fragte nicht nach. Das konnte sie später tun, wenn sie in Sicherheit waren.

Die Fesseln schnitten in ihre Arme und sie lächelte. „Dann lassen wir ihn hier. Max kann ihn befragen, wenn wir weg sind.“ Und obwohl sie es nicht für möglich gehalten hatte, wurde Collins noch blasser.

Ty grinste. „Es gefällt mir, wie du denkst", und er tippte mit seinen Krallen sanft auf Collins' Halsschlagader. „Wenn du wegläufst, bringe ich dich um. Wenn du schreist, stirbst du. Lass Dorsey frei und nimm ihren Platz ein." Ty hielt mit seiner freien Hand den Blaster hoch, der in Collins' Holster gewesen war. Der Junge war unbewaffnet und verängstigt. Er versuchte nicht, sich zu wehren.

Es dauerte eine Minute, bis er sie befreit hatte, und eine weitere, bis er gefesselt war. Ty benutzte ein Stück Stoff als Knebel und ließ den Jungen gefesselt zurück, während sie den Flur entlang zum Shuttle nach Nina Port rannten.

Es war an der Zeit, einen sicheren Ort aufzusuchen und sich auszuruhen.

Und dann konnte sie herausfinden, was zum Teufel eigentlich los war.

———

Das Shuttle sah aus wie jedes andere Shuttle zwischen Raumstationen und Planeten auf dieser Seite der Galaxie. Es war so stabil gebaut, dass es mehrmals täglich die Atmosphäre durchbrechen und jahrelang in Betrieb bleiben konnte. Es handelte sich um ein kleineres Modell, das eher für ein paar hundert als für mehrere tausend Passagiere ausgelegt war.

Max hatte sein Wort gehalten, und die Bediensteten am Gate hatten Dorsey und Ty ohne Fragen durchgelassen. Sie saßen jetzt nebeneinander, und Ty konnte sich nicht zurückhalten, Dorsey zu berühren und sich davon zu überzeugen, dass es ihr gut ging.

Wenn sie ihn nicht aufgehalten hätte, hätte er diesen Kindersoldaten getötet und es nicht bereut. *Niemand* durfte seiner Frau etwas antun. Sie war seine Denya und er würde alle Welten dieser Galaxis auseinandernehmen, um sie zu retten.

Und selbst wenn sie nicht für ihn bestimmt wäre, glaubte Ty langsam, dass er es trotzdem tun würde. Dorsey war eine großartige Frau. Klug, sexy und mit einem schrägen Humor, der ihn auf Trab hielt. Er war noch nie verliebt gewesen, aber wenn das nicht der richtige Weg war, wollte er keine Wegbeschreibung haben. Eine Detyen-Frau könnte ihm jetzt über den Weg laufen, und er würde nicht in Versuchung geraten. Er wollte seine Denya, sonst niemanden.

Dorsey legte ihren Kopf auf seine Schulter, ihr lockiges Haar kitzelte sein Kinn. Ihre Reihe war vom Großteil des Shuttles abgetrennt und für gut zahlende Kunden oder wichtige Passagiere reserviert. Niemand hatte die Plätze reserviert, bevor Ty es geschafft hatte, sie an Bord zu bringen, und diese Reihe war die einzige mit zwei freien Plätzen nebeneinander. Niemand im Shuttle hatte widersprochen, als er die Plätze in Beschlag nahm. Er wusste, dass er immer noch Wut ausstrahlte, aber das schien Dorsey nicht zu stören.

„Woher wusstest du, dass du mich retten musst?", fragte sie. Sie schaute nicht zu ihm, sondern auf den kleinen Bildschirm in Form eines Bullauges. Er simulierte den Blick nach draußen, ohne dass die Struktur des Schiffsrumpfes durch Fenster geschwächt wurde.

Wie? Er könnte ein Dutzend Gründe nennen, aber nur wenige davon würden für sie einen Sinn ergeben, wenn er ihr nicht ihre Verbindung erklärte, und dafür war jetzt sicher nicht der richtige Zeitpunkt. Sie musste sich ausruhen, sie musste sich sicher fühlen, und wenn er ihr sagte, dass sie nach den Regeln seines Volkes seelisch miteinander verbunden waren, fürchtete er, sie für immer zu verlieren.

Zum ersten Mal wurde ihm klar, dass er früher etwas hätte sagen sollen, als es noch eine Chance gab, die Sache zu beenden. Aber erst war da die Flucht und dann sein Stress wegen seiner vorübergehenden Blindheit gewesen. Das alles hatte dazu geführt, dass er die Dinge nicht aufgehalten hatte, als er sie noch hätte verhindern können.

Erschrocken stellte er fest, dass seine Gefangennahme bereits eine Woche zurücklag. Hätten sie auf der Flucht nicht miteinander geschlafen, wäre er jetzt tot.

„Ty?" Sie drehte sich zu ihm, als er zu lange brauchte, um zu antworten.

„Dein Freund Max ist gekommen, um dir ein paar Fragen zu stellen", erklärte er. „Er konnte nicht direkt eingreifen, aber er konnte mich schicken."

Sie grinste. „Mein Held."

Er war einen Moment lang irritiert, bevor er verstand, dass sie ihn und nicht den Cyborg meinte. „Ich werde nicht zulassen, dass du in die Hände des Feindes fällst. Nicht, solange ich in der Nähe bin."

Sie schmiegte sich an ihn und Ty legte seinen Arm um sie, um sie festzuhalten. Er hatte sie nicht mehr aus den Augen gelassen, seit sie den Möchtegern-Verräter an den Stuhl gefesselt hatten; er wusste nicht, ob er ihr ihren Freiraum lassen konnte. Noch nicht, jedenfalls nicht, bis seine Beschützerinstinkte so weit abgeklungen sein würden, dass er wieder rational denken konnte.

Der Lautsprecher erwachte knisternd zum Leben und verkündete, dass ihre Ankunft unmittelbar bevorstehe. Der Flug von der Raumstation zum Planeten hatte weniger als eine halbe Stunde gedauert. Das Shuttle schaukelte, als sie die Atmosphäre durchbrachen, und Tys Ohren fielen zu, als die künstliche Schwerkraft des Shuttles durch die natürliche Schwerkraft von Tarni ersetzt wurde. Es war immer wieder überraschend, wie sehr sich die echte Schwerkraft von der simulierten Schwerkraft auf den Raumschiffen unterschied. Er war so lange im Weltraum unterwegs gewesen, dass er vergessen hatte, wie schwer sich sein Körper anfühlen konnte.

Als das Shuttle andockte, öffneten er und Dorsey ihre Gurte, stiegen mit den anderen Passagieren aus und betraten die Shuttle-Station von Nina City. Sie gingen eine schmale Treppe hinunter auf das asphaltierte Rollfeld. Die Sonne brannte heiß obwohl es auf dem Planeten noch nicht Mittag war. Space-Lag bedeutete, dass Ty und Dorsey die Freude haben würden, sich an einen von der Sonne regulierten Tag zu gewöhnen. Im Weltraum galt der interstellare Tag, der eine ganze Stunde kürzer war als der Tag auf Tarni.

Er blickte am Shuttle vorbei und hinüber zum Shuttle-Port. Das war ein weitläufiges Sandsteingebäude mit großen Fenstern, die den größten Teil der Seitenflächen einnahmen. Das Dach bestand aus mehreren Kuppeln, die gesamte Struktur wurde von dicken Steinsäulen getragen, die aussahen, als wären sie von einem Riesen von irgendwo her gebracht und hier aufgestellt worden.

Alles hier strahlte die Würde des Alters aus, und auch der Blick auf die Umgebung des Hafens zeigte, dass sie sich hier um den alten Teil der Stadt handelte.

Jaaxis City war im Laufe der Zeit aus Metall und Schotter zusammengeschustert worden. Glänzende Türme ragten über baufällige Hütten, die wiederum neben durchaus respektablen Wohnhäusern standen. Nichts passte richtig zusammen, alles war zusammengewürfelt.

Hier in Nina City hatte man einen anderen Ansatz gewählt. Dies sah aus wie die Alte Welt, wie jene Planeten, die aus sich selbst gewachsen waren, lange bevor ihre Bewohner die Fähigkeit hatten, den Weltraum zu bereisen. Aber aus Dorseys Geschichten über das Konsortium ging hervor, dass Tarni und seine Schwesterplaneten noch sehr jung waren. Die Siedler hatten sich offensichtlich die Technologien der Raumfahrt zunutze gemacht und gleichzeitig die Ästhetik ihres Heimatplaneten beibehalten.

Dorsey holte tief Luft, ihre Brust dehnte sich, bevor sie wieder ausatmete. „Ah", hauchte sie, „das ist Luft, die nicht schon tausendmal durch ein Filtersystem geflossen ist."

Ty holte tief Luft. Sie hatte recht — um sie herum stank es nach Abgasen, Hitze und etwas leicht Würzigem. Das hier war nicht die abgestandene, sterile Sauberkeit eines Lebenserhaltungssystems. Nein, die Luft hier roch nach dem Leben selbst.

Aus den Augenwinkeln sah Ty ein Fahrzeug auf sie zukommen. Zuerst dachte er, es handele sich um einen Shuttle-Transport, doch die vier Bewaffneten sprachen gegen diese Vermutung. Ty trat näher an Dorsey heran, bereit, vor sie zu springen, falls etwas passieren sollte.

„Ist das unser Wagen?", fragte sie und wippte leicht auf den Fußballen hin und her.

Sie könnten wegrennen und versuchen, in der Menge von Nina City unterzutauchen, wenn sie aus dem Shuttle-Port herauskämen. Aber es gab mindestens zweihundert Meter offene Fläche vor dem Zaun zu den bewohnten Gebieten der Stadt, und überall an der Grenze des Areals waren Wachtürme. Sie befanden sich etwas näher am Gebäude des Shuttle-Ports, aber ein Bereich wie dieser wäre wahrscheinlich hermetisch abgeriegelt. Also keine Fluchtmöglichkeit.

„Wahrscheinlich", antwortete Ty, und er spürte eine Mischung aus Sorge und Resignation.

In der Tat. Es war ihr Wagen.

Das Fahrzeug hielt vor den beiden an. Es war ein

Land-Speeder, der für sechs Personen ausgelegt war. In den vorderen und hinteren Reihen gab es keine normalen Türen, und die mittlere Sitzreihe war von dicken Wänden umgeben, offensichtlich um Inhaftierte zu transportieren.

Zwei Soldaten stiegen hinten aus. Ty sah, dass die Frau, die ihnen am nächsten stand, die Anführerin war. Drei gelbe Streifen bedeckten eine Schulter ihrer ansonsten schnörkellosen schwarzen Uniform. Der Soldat auf der anderen Seite des Speeders hatte nur einen Streifen. Er konnte die anderen beiden nicht sehen, deshalb konnte er nicht ganz sicher sein, aber da sie diejenige war, die sprach, war sie diejenige, der er zuhörte.

„Die Kommandantin bittet um eure Anwesenheit und bietet euch ihre Gastfreundschaft an", sagte die Soldatin. „Ich bin Octava und wurde geschickt, um euch abzuholen." Octava winkte mit der Hand, und eine der Seiten des Gleiters glitt nach unten, und eine gepolsterte Bank wurde sichtbar. „Bitte nehmt Platz."

Dorsey blickte ihn an und nickte leicht. Sie sagte ihm, er solle sich nicht wehren. Ty nickte, stieg in das Fahrzeug ein und nahm Platz. Octava war zu diszipliniert, um sich erkennbar zu entspannen, aber sie nickte ihrem Kameraden zu, der seine Waffe senkte.

Und dann waren sie unterwegs. Keiner der Passagiere des Shuttles sah sie an und das gab Ty mehr Informationen über diese Stadt, als er bisher hatte. Nina war vielleicht ein besserer Warlord als Droscus, aber sie war trotzdem ein Warlord, und die Stadt lebte in resignierender Angst vor ihr.

Sobald Dorsey neben Ty saß, schloss Octava sie in das Fahrzeug ein und wies ihren Fahrer an, loszufahren. Obwohl die Straßen voll mit Verkehr und Fußgängern waren, wichen alle aus, ohne dass eine Sirene oder ein Hupen nötig gewesen wäre.

Das Volk von Tarni trug leuchtende Farben in vielen verschiedenen Aufmachungen. Einige Männer und Frauen bedeckten ihre Köpfe mit Seidenstoffen und feinen Hüten, während andere ihr Haar unbedeckt von der Sonne bescheinen ließen. Die meisten trugen Overalls oder Hosen, aber es gab auch eine ganze Reihe Kleider und Röcke zu sehen. Zuerst dachte Ty, dass die Leute mehrheitlich menschlich waren, aber als sich seine Augen an den Ausblick gewöhnten, bemerkte er auch viele andere Spezies in der Menge. Bevor sie um eine Ecke bogen, blieb sein Blick sogar für einen Augenblick an einem vertrauten Clanzeichen hängen.

Er hatte einen Detyen gesehen, aber sie fuhren zu schnell weiter, als dass er ihn genauer hätte sehen können.

Zwischen zwei hohen Steingebäuden befand sich ein mit Stofftüchern überdachter Basar. Allerdings waren sie nur für Nina-City-Verhältnisse hoch. Es gab höchstens zehn Stockwerke. Auf dem Basar handelten Leute aller Farben und Spezies unter freiem Himmel mit ihren Waren, und der Klang von Stimmen und Musik drang in den Speeder.

„Es ist so lebendig", sagte er. Das Stadtzentrum von Jaaxis war ein Ort des Handels und der Geschwindigkeit. Es war für den Handel gedacht, nicht für das Leben, und wirkte immer grau und steril.

Dorsey blickte zurück zum Basar, während sie weiterfuhren. „Der Basar ist ganz nett", sagte sie.

Sie fuhren noch einige Minuten, bis sie zu einem weiteren Sandsteingebäude im Zentrum der Stadt kamen. Dies war Ninas Palast, das Zentrum ihrer Macht.

Dreißig Meter vor den Mauern endete die Straße plötzlich vor einem Abgrund. Ein richtiger Burggraben wäre mit Wasser gefüllt, aber von seinem Platz aus sah er nur nackten Fels und eine dunkle Grube. Das war auch eine Möglichkeit, den Pöbel davon abzuhalten, die Burg zu stürmen.

Als sie näher kamen, wurde eine Brücke für sie ausgefahren, und sie fuhren auf das Gelände des Palastes und hielten auf dem Hof. Soldaten und Zivilisten liefen umher, einige exerzierten in Gruppen, andere gingen ihrer Arbeit nach. Ihr Fahrer parkte das Fahrzeug auf einem Parkplatz für „autorisiertes Personal" und die vier Wachen stiegen aus, wobei Octava damit wartete, ihn und Dorsey aussteigen zu lassen, bis Wachen ordnungsgemäß Position bezogen hatten.

Sie wurden hineingeführt, und Ty schaute sich neugierig nach allen Seiten um und versuchte, alles auf einmal zu erfassen. Es kam nicht jeden Tag vor, dass ein Mann Gefangener in einem echten und bewohnten Palast sein dufte. Im Vergleich zu dem, was man von außen sehen konnte, war das Innere fast eine Enttäuschung. Das Innere war eher funktionell, mit Sensoren und Kameras an den Wänden und Decken, kleinen Fenstern mit Lasergittern zum Schutz vor Eindringlingen.

Niemand grüßte sie, während sie eine Treppe hinauf und einen schmalen Flur entlanggeführt wurden. Sie gingen an einer großen Tür vorbei, die aussah, als könnte sie sich mit einem Knopfdruck in ein Tor verwandeln. Die Wände waren in einem fröhlichen Gelb gehalten, und durch die hellen Oberlichter wirkte der Flur viel größer und wohnlicher.

Aber es war trotzdem ein Gefängnis.

Angenehmer als das Raumschiff der Entführer, aber Ty hatte es langsam satt, gefangen gehalten zu werden.

Octava entließ die drei Wachen, als sie zwei schwere Holztüren erreichten. „Die Kommandantin hat für jeden von euch für eine Woche frische Kleidung und ein Bad zur Verfügung gestellt. Wenn ihr Hunger habt, gibt es ein Stück weiter den Gang hinunter etwas zu essen. Bis eure … Situation … geklärt ist, müsst ihr auf dieser Ebene bleiben. Die Kommandantin wird euch morgen sehen wollen, aber sie versteht, dass ihr eine anstrengende Reise hinter euch habt und Ruhe braucht. Wenn ihr etwas braucht, das auf dieser Etage nicht vorhanden ist, wendet euch bitte an Keeda, das Zimmermädchen. Sie wird sich um all eure Wünsche kümmern."

„Danke", sagte Dorsey und unterdrückte irgendwie den Unmut, den sie darüber empfinden musste, dass sie wieder einmal hinter Schloss und Riegel war. „Bitte richte der Kommandantin meine Grüße aus und lasse sie wissen, dass ich mich darauf freue, sie zu treffen."

Octava nickte und ließ die beiden allein auf dem Flur zurück.

Ty öffnete die Tür zu seinem Zimmer und sah hinein. Es war nett, sogar modern, mit dunklen Wänden und einer Dekoration aus Metall an der Decke. Das Bett sah weich aus und war groß genug, dass er sich darin ausstrecken konnte, und sogar noch Platz übrig war. „Das ist besser als eine dunkle Zelle", sagte er.

Dorsey lächelte und öffnete die Tür zu ihrem Zimmer. „Ich glaube, ich könnte eine Woche lang schlafen."

Sie gingen in ihre Zimmer, und als sich die Tür hinter ihr schloss, hatte Ty einen seltsamen Moment, in dem die Welt aus dem Gleichgewicht zu sein schien. Auf dem Schiff war er technisch gesehen von Dorsey getrennt gewesen, aber sie waren im Weltraum. Es gab keinen Ort, wo sie hin konnte, wenn sie weg wollte. Auf der Raumstation wurden sie zusammen in Quarantäne gesteckt. Aber hier im Palast, obwohl sie technisch gesehen unter Bewachung standen, wusste er, dass Dorsey einen Weg finden konnte, zu verschwinden.

Ty schüttelte den Gedanken ab. Da sprachen Gefahr und Erschöpfung aus ihm. Er konnte nicht einfach in Dorseys Zimmer stürmen und ihre Aufmerksamkeit einfordern, wenn sie seit langem mal einen Moment für sich hatte. So verzweifelt war er nicht.

Liebeskrank, ja, aber kein Narr.

Er fand die Kleidung, die Octava erwähnt hatte, und zog sich um. Im Vergleich zu dem, was er in den letzten Tagen getragen hatte, fühlten sich die weichen Kunstfasern dekadent auf seiner Haut an. Er überlegte kurz, ob er duschen sollte, aber das Gewicht seines Körpers durch die Schwerkraft und alles andere erdrückte ihn, und er fühlte sich plötzlich so müde, dass er nur noch Richtung Bett stolpern konnte.

Als er sich umdrehte, sah er eine zweite große Holztür, die ganz anders aussah als die kleine Schiebetür zum Badezimmer. Diese sah aus, als sei sie eine Verbindungstür zu einem anderen Raum.

Ein paar Minuten später öffnete sich die Tür und Dorsey kam zum Vorschein. Auch sie hatte sich umgezogen, ihr Outfit bestand aus einem orangefarbenen Seidentop und einer dunklen Hose. „Hey", sagte sie, im Türrahmen stehend, halb in ihrem Zimmer, halb in seinem.

Ty schenkte ihr ein schläfriges Lächeln. „Hey."

„Ich ..." Dorsey sah zurück in ihr Zimmer und biss sich auf die Lippe.

Ty klopfte mit der flachen Hand auf das Laken neben sich. „Willst du dich zu mir legen?"

Sie nickte, betrat den Raum und schloss die Tür hinter sich.

10

KAPITEL ZEHN

DORSEY VERSUCHTE, NICHT ALLE ZEHN SEKUNDEN TY anzusehen, als das Hausmädchen Keeda sie durch Ninas Festung zu den Audienzräumen führte. Sie war beeindruckt von diesem Ort und von der Tatsache, dass sie gleich Commander Nina persönlich treffen würde. Sicher, Dorsey kannte Max, aber das kam daher, dass sie ihr halbes Leben auf Raumstationen verbracht hatte und ihre Fracht kontrolliert werden musste. Sie war mit mindestens der Hälfte der ranghöheren Wachen auf allen vier Tarni-Raumstationen mehr oder weniger gut befreundet.

Aber Nina war etwas anderes.

Sie war die Herrscherin über diesen Teil des Planeten, und sie nahm diese Aufgabe sehr ernst. Indem sie Dorsey und Ty in ihren Plast holte, erwies sie ihnen eine Höflichkeit, die nur wenigen normalen Bürgern zuteil wurde. Es sei denn, es handelte sich um eine Vorstufe zum Gefängnis. Keeda war vielleicht damit beauftragt worden, sich um ihre Bedürfnisse zu kümmern, aber Dorsey sah die dünnen Umrisse von Messerscheiden unter den pfirsichfarbenen Seidenärmeln der jungen Frau.

Tarni, das Konsortium, war nicht wie die Erde. Hier gab es keine Demokratie und keine Transparenz in der Regierung. Wenn Nina eine Entscheidung traf, hatte kein Bürger das Recht, sie in Frage zu stellen, noch hatte irgendwer den Mut dazu. Die einzigen Möglichkeiten, sich der Macht eines bösen Warlords zu entziehen, waren, den Planeten zu verlassen oder zu rebellieren. Droscus hatte in den zwölf Jahren seiner Regierung eine Handvoll Rebellionen niedergeschlagen; Nina hatte in den fünf Jahren, in denen sie an der Macht war, eine einzige niedergeschlagen.

Niemand in ihrem Territorium erinnerte sich noch an die Namen der Rebellen.

Der Palast sah altertümlich aus, wie in einem Film, den man in den irdischen Medien zu sehen bekam, aber das war alles nur Show. Die riesigen Holztüren zum Audienzsaal glitten mit einem leisen Zischen zur Seite, wie normale automatische Türen, und die Sicherheitsmaßnahmen gaben nicht einmal vor, unaufdringlich sein zu wollen.

Nina stand am anderen Ende des Raumes, umgeben von einer Schar von Wachen und Beamten. Sie war nicht die Größte im Raum, aber sie fiel auf, ihr hellblondes Haar war ein Leuchtfeuer in dem von der Sonne erhellten Raum. Sie trug eine schwarze Hose und eine weiße Jacke, grüne Streifen bedeckten beide Schultern. Dies war ihre Alltagsuniform, nicht die, die sie in einer Schlacht tragen würde. Das Weiß war eine einfache Botschaft — sie war zu mächtig, um um ihren Platz kämpfen zu müssen. Niemand wagte es, in ihrer Nähe zu bluten.

Keeda ließ sie an der Tür stehen, ihre Arbeit war getan. Nina sah Dorsey und Ty und lächelte. Sie lächelte nur leicht, aber einladend, als wollte sie sagen: *Bitte, kommt her, ich bin kein Diktator, der mit eiserner Faust regiert.*

Dorsey ging voraus. Ty schien zu verstehen, dass dies ihre Welt war, und sie schätzte es, dass er ihr die Führung überließ. So viele Männer wurden nach einer Runde im Bett zu Barbaren und verwechselten Sex mit Besitz. Ty respektierte sie.

Und das war für ihr Herz gefährlicher als jede romantische Geste.

Ein kleines rotes Viereck war auf den Boden gemalt worden, groß genug, damit ein paar Leute darin stehen konnten. Hier mussten sie warten. Dorsey tat genau das und Ty stellte sich neben sie. Sie verbeugte sich schnell; auf Tarni hielt man nicht viel von Förmlichkeiten. Eine einfache Verbeugung war mehr als ausreichend, um Respekt zu zeigen.

„Dorsey Kwan, mein Captain hat mir viel von dir erzählt", begrüßte Nina sie mit einem kurzen Nicken. Sie wandte sich zu Ty. „Du, Tyral NaRaxos, scheinst allerdings ein Rätsel zu sein."

Dorsey biss sich auf die Zunge, um nichts zu sagen.

Nina verstellte sich nicht, es war klar, dass dies keine Einladung war, zu sprechen. Aus dem Augenwinkel sah sie Ty aufrecht stehen, seine blaue Haut leuchtete förmlich in dem hellen Licht, und die Markierungen, die seinen Arm bedeckten, waren sichtbar und so lebendig wie eine frische Tätowierung. Er war zwar nicht das einzige nicht-menschliche Wesen auf der Welt, aber er fiel auf wie eine Statue für Stärke und Männlichkeit.

Und Nina erkannte das ebenfalls.

Wenn ihr Leben und ihre Freiheit nicht auf dem Spiel gestanden hätten, wäre Dorsey vor Ty getreten, hätte ihre Hände auf ihn gelegt und ihn als den ihren beansprucht. Er war der *ihre*.

Die Heftigkeit dieses Gedankens erschütterte sie. Weil er nicht ihr gehörte. Sie hatten keinen Anspruch aufeinander, nichts außer dem, was sie gemeinsam getan hatten. Sie hatten nie über eine feste Beziehung gesprochen, nicht über etwas anderes als darüber, nach Tarni zu gelangen und Ty die Heimreise zu ermöglichen.

Aber Dorsey wollte nicht, dass er nach Hause ging. Sie wollte ihn hier bei sich haben. Und das war ein verdammt schlechter Moment, um das herauszufinden.

Nina schaute zwischen den beiden hin und her, schien aber Dorseys Stress nicht als etwas Ungewöhnliches zu deuten. Sie starrte Ty noch einen Moment länger an, bevor sie sich wieder Dorsey zuwandte. Dorsey spürte ihren prüfenden Blick so schwer wie eine Tonne Ziegelsteine.

„Lex Omacnaron wird ein seiner Position angemessenes Begräbnis erhalten und seine Witwe wird entschädigt", versprach Nina. „Sein Tod wird von meinen besten Leuten untersucht werden. Und ich danke dir, dass du ihn nach Hause gebracht hast, so dass wir ihn zur Ruhe betten können."

Bei diesen Worten wurde Dorsey klar, warum Nina so erfolgreich an der Macht blieb. Sie glaubte ihnen wirklich, und ihr Dank war aufrichtig. Lex mag nur ein Frachterpilot gewesen sein, aber er sollte nicht tot sein, und wer oder *was* auch immer ihn getötet hatte, musste bestraft werden.

„Danke", sagte Dorsey, „das bedeutet mir viel."

„Es geht nicht nur um den Tod eines Mannes, oder?", fragte Ty. Er hielt die Hände vor sich verschränkt und sprach wie ein König. „Das hängt damit zusammen, warum Dorsey entführt wurde."

Nina drehte sich zu ihm um, und wo Dorsey Tadel erwartet hatte, sah sie nur Interesse. Die Kommandantin trat einen Schritt näher an Ty heran, wobei sie Dorsey zwar nicht ganz den Rücken zuwandte, sie aber dennoch aus dem Gespräch ausschloss. „Im Moment ist noch nichts sicher. Aber da sie beide für dasselbe Unternehmen gearbeitet haben, ist das eine Verbindung, die untersucht werden muss", sagte sie, ging zurück zu ihren Beratern und nahm zwei kleine Ausweise an sich. „Bis diese Untersuchung abgeschlossen ist, betrachtet euch als meine Gäste in dieser Stadt. Mit diesen Ausweisen könnt ihr alles bezahlen und könnt euch frei bewegen. Ich muss euch jedoch bitten, zu eurer eigenen Sicherheit innerhalb der Stadt-mauern zu bleiben. Ich möchte nicht, dass euch noch etwas passiert."

Dorsey nahm den Ausweis von einem Diener entge-gen. Ihr Name und ihr Foto erschienen in einem Holo-gramm. „Ich möchte bei den Ermittlungen helfen", sagte Dorsey, bevor sie entlassen wurden. „Bitte, kann ich irgendetwas tun?"

Nina sah sie von Kopf bis Fuß an, die Augenbraue leicht angehoben. „Meine Ermittler werden das erledi-gen. Die Angelegenheit geht dich nichts an." Sie wandte sie sich ab und das war's.

Dorsey machte fast einen Schritt nach vorne, aber Ty legte seine Hand auf ihren Arm und schüttelte den Kopf. Sie wollte sich aus seinem Griff befreien, Nina hinterher-laufen und verlangen, in die Ermittlungen einbezogen zu werden. Aber das würde nicht funktionieren. Niemand hinterfragte Ninas Entscheidungen.

Nicht, wenn man überleben wollte.

———

Hin und her zu laufen war nie eine Lösung, aber es gab ihr das Gefühl, etwas zu tun, und das war für Dorsey besser als nichts. Tys Teppichboden, den sie strapazierte, war wahrscheinlich anderer Meinung. Sie wusste, dass ihre Audienz bei Nina viel schlimmer hätte ausgehen können.

„Wir sind nicht einmal Gefangene", sagte sie zu Ty,

während sie an ihren Nägeln kaute, eine alte Angewohnheit, von der sie dachte, sie hätte sie vor Jahren abgelegt.

Ty saß auf seinem Bett, sich mit den Arme nach hinten abstützend, seine ganze Haltung war täuschend entspannt und katzenhaft. Sein Blick schweifte mit ihren Bewegungen hin und her, ohne sie je aus den Augen zu lassen. „Nicht *offiziell* Gefangene scheint treffender zu sein. Wir dürfen die Stadt nicht verlassen." Er war die geballte Kraft, bereit zum Sprung.

„Es tut mir leid, dass ich dich da hineingezogen habe." Sie zwang sich, stehen zu bleiben, die Hand zu senken und ihm direkt in seine dämonischen roten Augen zu sehen. Sein Blick bewirkte etwas in ihr, er weckte in ihr einen Schmerz, von dem sie wusste, dass nur er ihn lindern konnte.

Ty glitt heran, bis er nur noch wenige Zentimeter von ihr entfernt war, und hob mit einer Hand ihren Kopf an. „Du hast mich in nichts hineingezogen, was ich nicht wollte. Ich bin bei dir, Dorsey. Und ich werde nicht weggehen."

Er schaute ihr weiter in die Augen, die rote Glut brannte in ihrem Innersten. Sie wollte nach ihm greifen und ihn küssen, all ihre Probleme vergessen und sie mit ihm an ihrer Seite lösen. Das Bett war direkt hinter ihnen — nur zwei Schritte, und alles würde für eine Weile verschwinden.

Tys anderer Arm legte sich um sie und drückte sie an sich. „Weißt du, was wir tun sollten?", fragte er, wobei sich ein Grinsen in seinem Mundwinkel zeigte.

Sie hatte eine Menge Ideen. „Was?" Es kam kaum mehr als ein Flüstern heraus.

„Du solltest mir die Stadt zeigen", das Grinsen wurde zu einem breiten Lächeln, und seine scharfen Zähne blitzten in einer Weise, die auf jemanden, der ihn nicht so gut kannte wie sie, bedrohlich hätte wirken können. Auf jemanden, dem er nicht wichtig war.

Sehr wichtig.

Und als sie zu ihm aufschaute und hörte, dass er bei ihr bleiben würde, konnte sie sich vorstellen, dass es ihm genauso gehen könnte. Sie wollte ihn, aber ob er damit meinte, dass er nur jetzt in dieser Situation oder für immer bei ihr sein wollte, wusste sie nicht. Und im Moment hatte sie Angst, ihn zu fragen.

„Lass uns in die Stadt fahren."

Jetzt, da sie Ninas Segen hatten, waren sie nicht mehr an diese Etage gebunden, und eine kurze Frage an Keeda führte dazu, dass sie ein Fahrzeug und ein Kommunikationsgerät bekamen, über das sie mit ihr in Kontakt treten konnten, falls sie unterwegs etwas brauchen sollten. Offenbar war das Zimmermädchen, das sie auch bewachen sollte, zur Gästebetreuerin geworden.

Ty ließ sich auf den Fahrersitz gleiten, und Dorsey hätte ihm fast widersprochen, aber das Fahrzeug fuhr vollkommen selbständig; manuelle Kontrollen gab es nur als Backup. „Lass uns zum Center Square Market gehen", war ein Vorschlag an Ty und gleichzeitig ein Befehl an das Auto.

Sie fuhren los. Dorsey beobachtete Ty, wie er die

vorbeiziehende Stadt beobachtete. Die überfüllten Straßen, die verschiedenen Leute, die verschiedenen Stadtteile und Märkte, deren Eigenheiten alle von anderen Planeten und Kulturen inspiriert und mitgebracht worden waren, waren für sie längst alltäglich geworden. Die verschiedenen Kulturen passten nicht immer zusammen, aber die Unterschiede gaben der Stadt einen Teil ihrer besonderen Würze.

„Was ist das für ein Markt?", fragte Ty.

„Das ist der offizielle Marktplatz von Nina City", erklärte sie. Am Rande ihres Blickfeldes konnte sie gerade noch die feste Struktur des Marktplatzes erkennen. „Es ist der beste Ort, um ein Gefühl für die Stadt als Ganzes zu bekommen." Er sah ein bisschen aus wie eines der alten Parkhäuser, die noch in ihrer Heimatstadt standen. Nur war das hier nie für Autos gebaut worden.

Der Markt nahm vier Stockwerke eines Gebäudes ein. Die Seiten waren offen und mit bunten Vorhängen behangen. Über dem Ganzen wölbte sich ein Metalldach in den Himmel, um das oberste Stockwerk vor Regen und der sengenden Sonne zu schützen. Die Kraftfelder an den Seiten des Gebäudes regulierten die Temperatur, so dass es das ganze Jahr über angenehm war.

Tausende von Kunden und Händlern wuselten umher, kauften und verkauften, tratschten und spionierten. Hier konnte man jedes Geheimnis in Nina City erfahren und jede Ware kaufen. Man musste nur wissen, wen man fragen musste.

Sie hielten an und der Wagen parkte sich selbständig

in einer Seitenstraße, nur etwa einen Block vom Gebäude entfernt. Dorsey griff nach seiner Hand und zog ihn weiter die Straße hinunter. „Der große Eingang ist hier entlang, der Weg lohnt sich."

Tys Hand war warm und Dorsey verschränkte ihre Finger mit seinen. Auch wenn sie ein Mensch und er ein Außerirdischer war, passten sie perfekt ineinander. „Evolution ist seltsam, nicht wahr?", sinnierte sie.

Er blickte lächelnd auf sie herab. „Warum?"

Sie hielt ihre miteinander verbundenen Hände hoch. „Verschiedene Planeten, Lichtjahre voneinander entfernt, gleiche Form. Das sollte eigentlich unmöglich sein."

Er beugte sich vor und küsste ihre Fingerknöchel. „Wusstest du, dass mein Volk vor dem Ende von Detya schon Jahrtausende lang durch die Galaxien gereist ist?"

Sie schüttelte den Kopf.

„Ich kann nicht mit Sicherheit sagen, dass unsere Leute wegen der Detyen einige Ähnlichkeiten haben, aber ich würde es nicht ausschließen." Sie gingen weiter und Dorsey dachte darüber nach. Sie wusste nicht, ob sie ihm glaubte, aber der Gedanke, dass sie sich durch eine lange gemeinsame Vergangenheit ähnlich sein könnten, hatte etwas Tröstliches.

Das Geräusch von Musik in einer Seitenstraße lenkte Dorseys Aufmerksamkeit vom Markt ab. „Das hört sich an, als würde jemand eine Party feiern, willst du es dir ansehen?"

Er ließ ihre Hand los, legte seinen Arm um ihre

Schulter und zog sie an sich. „Willst du mit mir alleine sein, du menschliche Verführerin?"

Ein Lachen gluckste aus ihrer Kehle hervor. Sie konnte sich nicht erinnern, dass ihr das jemals jemand vorgeworfen hatte.

Ach, was soll's. Sie beugte sich vor und drückte ihm einen schnellen Kuss auf die Lippen und zog sich zurück, bevor er ihn vertiefen konnte. Sie hatte nicht vor, mit ihm auf einer öffentlichen Straße zu knutschen, nicht jetzt.

Nicht, wenn sie genug Abstand zwischen ihnen hielt, um sich die Versuchung vom Leib zu halten.

„Komm schon, ich glaube, da schmeißt jemand eine Party." Sie zog ihn weiter die Straße hinunter und bog um eine Ecke, während die Musik lauter wurde.

Es war unmöglich, diese Straße entlang zu gehen. Dutzende von Menschen in bunten Farben tanzten zu dem schnellen Beat, der aus einer irgendwo versteckten Stereoanlage kam. In der Mitte der Menge entdeckte sie zwei riesige goldene Hüte, die durch hauchdünne Ketten und feine Spitzen miteinander verbunden waren.

Dorsey lächelte und sah zu Ty hinüber. „Das ist eine Hochzeit."

„Was bedeutet das mit den Hüten?", fragte er und deutete vage in Richtung der Menge.

„Das soll ihre Verbindung symbolisieren. Jede der Ketten wird ihnen von Mitgliedern ihrer Familie oder ihres Clans überreicht. Die Spitzenbänder werden von Freunden und Geschwistern hergestellt. Sie müssen sie während der Feierlichkeiten tragen, um zu zeigen, dass sie miteinander und mit ihrer Community verbunden sind." Sie hatte für die Hochzeit von Lex und Reina Spitzen gekauft. Ihr Gesicht wurde traurig, als ihr einfiel, dass er nicht mehr zurückkommen würde. „Wenn das Paar getrennt wird", sagte sie traurig, „durch Scheidung oder Tod oder irgendetwas anderes, werden die beiden Hüte getrennt und verbrannt."

Ty umarmte sie und strich mit der Hand über ihr Haar. Es war so beruhigend, wenn er das tat, und er berührte sie immer so vorsichtig, als wäre sie etwas sehr Wertvolles für ihn. Sie drehte sich zu ihm, schlang ihre Arme um ihn und vergrub ihr Gesicht in seiner Seite. „Freunde sollten nicht einfach sterben", schluchzte sie.

„Es tut mir leid", murmelte er an ihrem Ohr. Er zog sie zurück auf die Straße in Richtung Markt und weg von der Hochzeit. Er fand eine kleine Bank in Sichtweite des Marktes und sie setzten sich, wobei er sie eng an sich drückte. „Ich weiß, wie weh es tut, jemanden zu verlieren."

„Wen hast du verloren?" Der Geruch seiner Seife sickerte in ihre Nase und umhüllte alle ihre Sinne mit seiner Essenz. Es erdete sie.

„Ein paar Freunde, einige Familienmitglieder. Selbst wenn man weiß, dass es kommt, tut es weh", sagte er mit schmerzverzerrter Stimme, aber es gab da auch etwas, das er ihr nicht sagte, das er ihr vorenthielt.

Dorsey hakte nicht nach. Sie hatte kein Recht auf seinen ganzen Schmerz — er gehörte ihr nicht. „Was macht es leichter?" Sie hatte die Erde verlassen, bevor sie jemanden verlieren konnte. Sie war noch nicht lange genug auf Tarni, um starke Bindungen zu haben. Sie war auch Lex nicht besonders nahe gestanden, nicht seit der Flugschule. Aber das war bisher der schlimmste Verlust gewesen.

„Es hilft, an schöne Dinge zu denken."

„Was zum Beispiel?"

Ty blickte zurück zu der Hochzeitsgesellschaft auf der Straße. „Willst du wissen, wie sich meine Eltern kennengelernt haben?"

Sie wollte alles über ihn wissen. „Ja, auf jeden Fall." Sie spürte bereits, wie das Gewicht auf ihrer Brust leichter wurde und ihr Stress weniger wurde.

Ty stieß ein kleines Lachen aus. „Sie war Mechanikerin auf einem Handelsschiff in der Nähe des Oscavianischen Imperiums." Er sprach von einem der größeren interstellaren Imperien in einem vom Konsortium weit entfernten Quadranten. „Mein Vater war ein Gelehrter, was selten ist."

„Dein Volk forscht nicht?" Bei den raumfahrenden Völkern gab es immer irgendeine Form von Wissenschaft und Forschung.

„Nicht, wenn wir jung sind", erklärte er. „Die meisten unserer Akademiker sind in ihrem fünften Lebensjahrzehnt oder älter."

Sie wollte fragen, warum, aber sie wollte seine Erzählung nicht unterbrechen. Dorsey nahm sich vor, ihn später danach zu fragen.

„Dad wollte auf einen oskavianischen Planeten, der

für alle, die nicht zum Imperium gehörten, verboten war. Es gab ein Gerücht über eine alte Datei, die eine Sammlung alter detyenischer Poesie enthielt, die schon seit einer Ewigkeit verloren geglaubt war." Er sagte es nicht, aber sie vermutete, dass sein Vater ein freundlicher Mann war.

„Also, was ist passiert?"

„Er hat es auf das Schiff geschafft, indem er behauptete, er sei ein wichtiger Agent eines fernen und mächtigen Planeten. Ich weiß nicht, ob die Leute es ihm geglaubt haben, aber Geld ist Geld. Er und Mom waren mehr als einen Monat auf dem Schiff, bevor sie sich kennenlernten. Und als sie sich begegneten, sagte er, war es wie ein Feuerwerk. Er wusste einfach, dass sie die seine war ... er wusste es einfach. Sie versuchte, ihn davon abzuhalten, auf den Planeten zu gehen, und sagte, er würde sich wegen eines dummen Buches umbringen lassen. Natürlich ließ er sich nicht beirren. Also ging sie mit ihm, um ihn zu beschützen."

„Deine Mutter scheint eine bemerkenswerte Frau zu sein." Dorsey konnte es sich fast vorstellen. Ihre eigene Mutter war noch nie in einem Flugzeug gesessen, geschweige denn in den Weltraum geflogen.

Ty legte den Kopf schief und blickte in den hellen Himmel, wobei ihn ein kleines Grinsen jung aussehen ließ. „Das ist sie." Er blickte zurück auf die Hochzeitsgesellschaft und seine Augen verengten sich. Dorsey folgte seinem Blick und sah zwei Männer, die nebeneinander gingen. Einer hatte eine orangefarbene Haut, der andere war gelblich, fast grün. Ihre nackten Arme wiesen Markierungen auf, die denen von Ty unglaublich ähnlich waren. Sie hatte nicht gewusst, dass es auf Tarni Detyen gab.

„Willst du irgendwann heiraten?", fragte sie, als die Männer in einem der Gebäude verschwunden waren.

Seine roten Augen leuchteten, wie immer, wenn er starke Gefühle hatte. „Ich habe vor, den Rest meiner Tage mit der einzigen Frau in der Galaxis zu verbringen, die für mich bestimmt ist."

Dorseys Herz setzte für einen Schlag aus. Sie wollte so sehr, dass er über sie sprach, dass es wehtat.

„Lass uns zurückgehen", sagte sie. Sie wollte ihn zu sehr, um noch länger zu warten.

11

KAPITEL ELF

Ty konnte nicht aufhören, Dorsey zu berühren. Es fing ganz harmlos an, mit einer Berührung ihrer Hände während der Fahrt. Das führte dazu, dass er ihre Hand nahm und mit dem Daumen über die zarte Haut an ihrem Handgelenk strich. Sie zitterte, aber sie wollte nicht, dass er aufhörte. Sie legte ihre Hand fester auf seine.

Er achtete kaum auf die Umgebung, als sie zum Palast zurückfuhren, denn das Navigationssystem des Fahrzeugs fand den Weg und einen Parkplatz für sie. Und dann waren sie wieder im Freien und er konnte sie an sich ziehen und ihren Mund erobern. Vorerst nur eine kleine Kostprobe. Das war eine Sache zwischen ihnen beiden — Ninas Agenten mussten ja nicht alles mitbekommen.

Also hielt Ty sich zurück, aber sein Grinsen, als er

Dorseys benommene Augen sah, hätte ihm unter anderen Umständen eine Ohrfeige eingebracht. Er umfasste ihre Wange und fuhr mit dem Daumen über die hervorstehende Kante des Knochens. „Du bist die meine, Dorsey Kwan." Es gab kein Zurück mehr. Das hatte es nie gegeben, nicht seit sie sich kennengelernt hatten.

Sie umfasste sein Handgelenk und drückte es fest. „Sollen wir den ganzen Tag hier herumstehen?"

Er wollte sie in seine Arme nehmen und losrennen. Obwohl sie in köstlicher Weise etwas rundlicher war, wäre es kaum eine Anstrengung, sie die Treppe hinaufzutragen. Aber je mehr Aufmerksamkeit sie erregten, desto länger würde es dauern, bis er sie ausgezogen und seinen Schwanz tief in ihr vergraben hatte.

Als er die Tür zu ihrem Zimmer sehen konnte, fluchte er, hob sie hoch und rannte die letzten Schritte, erfreut über ihr aufgeregtes Quieken. Erst als sie endlich allein waren, die Tür hinter ihnen verschlossen und der Rest der Welt ausgesperrt, setzte er sie ab.

Ihr Gesicht reichte nur bis zu seiner Schulter, ihr lockiges Haar fügte allerdings noch ein paar Zentimeter Höhe hinzu. Ihre braune Haut leuchtete golden im gelben Licht der Lampe und ihre Lippen bettelten darum, geküsst zu werden.

„Was?", fragte sie. Er konnte seinen Blick nicht abwenden. Er wollte nie mehr aufhören, sie anzuschauen.

„Du kommst mir so viel größer vor, wenn du nicht

hier stehst", er schlang seine Arme um ihre Taille und zog sie an sich. Sie war zwischen seinem harten Körper und dem dicken Holz der Tür eingeklemmt.

Dorsey warf den Kopf zurück und lachte, das Geräusch hallte nach. „Ich glaube nicht, dass das als Kompliment zählt", aber sie hörte nicht auf zu lächeln, als sie es sagte.

Ty fuhr wieder mit den Fingern über ihre Wange und genoss das weiche Nachgeben ihrer Haut. Die Haut der Detyen war derber, sie war dafür gemacht, nackt auf den Hochebenen ihres verlorenen Planeten zu überleben. Die Struktur erinnerte leicht an Schuppen, vielleicht waren es vor langer Zeit einmal welche gewesen. Neben ihm war Dorsey ganz weich und voller Leben, alles an ihr war tröstlich und *richtig*, einfach perfekt. „Du bist überlebensgroß", erklärte er. „Wie die Tänzer von Haal Krae."

Sie schaute verwirrt. „Wo?"

„Ein Planet, weit weg von hier. Die Tänzerinnen und Tänzer werfen ihre Schatten aus und erscheinen Dutzende von Metern groß. Aber am Ende der Vorstellung, zeigen sie sich und sie gehen mir gerade mal bis zur Brust. Es ist ihre Kunst und ihre Magie, so wie bei dir."

„Ich habe keine Magie", protestierte sie.

„Ist das so?", flüsterte er, während er Küsse über ihren Kiefer und um den Rand ihres Ohrs herum verteilte und ganz sanft mit den Zähnen zubiss und zog. „Du hast mich verzaubert." Er konnte fühlen, wie die Verbindung zwischen ihnen pulsierte und von Sekunde zu Sekunde stärker wurde. Sie war nicht mehr nur ein Faden, der reißen konnte. Jetzt war es ein starkes Band, das sie verband und stärkte. Er legte seine Hand über ihr Herz. „Fühlst du es?", fragte er.

Dorsey keuchte, als seine Finger über die Unterseite ihrer Brust strichen. „Was ...?"

„Wir sind eins, meine Denya. Und ich habe vor, dich zu behalten." Er unterdrückte ihre nächsten Worte mit einem Kuss, nicht weil er dachte, dass sie ihn zurückweisen würde, sondern weil er es keinen Moment länger ohne ihren Geschmack auf seinen Lippen aushalten konnte. Dann zog Dorsey ihn näher zu sich heran und stellte sich auf die Zehenspitzen, damit er sich nicht zu ihr herunter beugen musste.

Er hob sie hoch, durchquerte den Raum mit großen Schritten und legte sie sanft auf die weiche Matratze. Er war in diesem Moment sehr froh über die gute Unterbringung. Das würde keine überstürzte Vereinigung in einem Cockpit werden, und selbst wenn sie auf die Pritschen in den Mannschaftskabinen auf ihrem gestohlenen Schiff ausgewichen wären, hätte es eine Menge Akrobatik erfordert, um richtig miteinander zu schlafen.

Heute Abend würde er sie anbeten.

Ty legte sich auf Dorsey, spreizte seine Beine über ihre Hüften, seine Arme hielten sie noch immer umgeschlungen und seine Hände waren unter ihrem Rücken. Obwohl er oben war, hatte sie die Kontrolle und er konnte sich nur bewegen, wenn sie ihn ließ. Er könnte versuchen, sich zurückzuziehen, aber er wollte nicht riskieren, ihr weh zu tun. Niemals würde er seiner Denya weh tun.

Sie rollte sich zur Seite, und er zog seinen Arm hervor und dann auch den anderen, als sie sich wieder bewegte. Aber sie verloren nie den direkten Körperkontakt. Darauf hatte er gewartet, davon geträumt, seit er sie zum ersten Mal gesehen hatte. Sie lebte jetzt in seinem Herzen und Ty konnte sich Sex ohne sie nicht mehr vorstellen. Er gehörte ganz ihr.

Mit seinen jetzt freien Händen machte er sich an ihrem Oberteil zu schaffen, öffnete die Knöpfe und enthüllte Zentimeter für Zentimeter ihren Bauch. Ihre Haut hier war noch weicher als an ihren Händen, aber darunter lagen Muskeln, die sich unter seiner Berührung anspannten. Sie keuchte leise, als er seine Hände an ihren Seiten hinuntergleiten ließ und ihre empfindliche Haut streichelte.

„Sag mir, was du magst", sagte er. In den wenigen Momenten, die er allein war, hatte er sich die Zeit genommen, die erogenen Zonen der Menschen zu studieren, die denen der Detyen sehr ähnlich waren. Aber ein Handbuch konnte ihn nur bis zu einem gewissen Punkt helfen. Seine Geliebte, seine Gefährtin, musste ihm sagen, was sie brauchte, und ihm zeigen, was ihr gefiel.

„Dich", sagte sie, „ich mag dich." Sie schaute ihn an, ihre Augen waren weich und braun und so einladend, dass er sich wieder hinunterbeugte, um sie zu küssen. Es war besser als Atmen. Wer brauchte schon Luft, wenn er sie haben konnte?

Mit einem blitzschnellen Schnipsen seiner Krallen, die er wieder einzog, bevor sie reagieren konnte, schnitt er ihr den Rest des Oberteils auf. Auf diese Weise musste sie sich nicht aus der Kleidung herauswinden. Auf diese Weise bekam er ihren herrlichen nackten Körper zu sehen.

„Gefällt dir das?", fragte er, während er mit seinen Fingern von ihrem Nabel bis direkt unter die Wölbung ihrer Brüste fuhr. Das Fleisch ihrer Brüste wurde straff, die Brustwarzen wurden hart und spitz, während er mit ihr spielte.

„Ja", sagte sie und hielt still. Sie spannte sich immer mehr an, und er spürte, dass sie sich nur mühsam unter Kontrolle hielt. Aber sie ließ ihn weiter erkunden.

Er umfasste ihre Brüste und spielte mit ihren Brustwarzen, wobei er seine Handlungen von ihren Bewegungen und ihrer Mimik abhängig machte. Sie mochte es, wenn er ein bisschen grob war, aber sie wollte nicht, dass es wehtat. Und wenn er sich zu fest an sie drückte, legte sie ihre Hand auf seine und zeigte es ihm.

Er veränderte seine Position, zog sich ein klein wenig zurück und schob ein Bein zwischen ihre. Er grub sich weiter nach unten, bis er ihre Hitze durch seine Hose hindurch spürte und seine Erektion sanft gegen ihren Unterleib drückte. Es war eine quälende Mischung aus Lust und Schmerz, so nah an der Erlösung und doch so weit davon entfernt.

Aber jetzt ging es um sie, und Ty nahm die Qualen gerne auf sich, allein schon wegen des Blicks in Dorseys Augen.

Er legte seine Lippen auf eine Brustwarze und saugte daran, ließ seine Zunge um ihre Knospe kreisen und schmeckte ihr Fleisch. *Das* gefiel ihr, und ein lautes Stöhnen entwich ihrer Kehle, während sie seinen Kopf an sich drückte. Sie presste ihre Hüften an sein Bein, und Ty hob sich so weit an, dass er ihr mehr von dem Druck und der Lust geben konnte, die sie brauchte und wollte. Sie würde dieses Bett nicht verlassen, bevor sie nicht vollständig von ihm markiert und an ihn gebunden war, gefesselt an seine Berührung.

So wie er an sie gebunden sein würde.

Aber sie brauchte nur eine Hand, um ihn festzuhalten, und ihre Finger hatten ihren eigenen Willen. Er spürte, wie sie den Saum seiner Hose berührte und stöhnte. Und als ihre Hand über ihn streifte, wurde er hart. Nun, noch härter als er sowieso schon war.

Sie konnte ihn durch den Stoff hindurch nicht richtig greifen, und das war das Einzige, was ihn davor bewahrte, in diesem Moment zu kommen. Ty hob seinen Kopf und er wusste, dass seine Augen vor Leidenschaft rot glühten. Wenn sie noch daran dachte, ihn zu berühren, war er noch nicht gut genug.

Seine Krallen sprangen hervor und schlitzten die Seiten ihrer Hose auf, so dass er sie so leicht wegwischen konnte, als wären sie ein leichtes Tuch. Er küsste ihren Bauch hinunter, über die Wölbung ihres Unterleibs und um die kleine Ansammlung von Locken, die ihr Geschlecht bedeckten. Er leckte sich den Weg nach unten, schmeckte das Salz ihrer Haut, den reinen, weiblichen Duft, der ihn berauschte.

„Du musst nicht ..." Sie unterbrach sich, als er sie kurz ansah.

„Willst du mir dieses Vergnügen verweigern, Denya?" Er wusste, dass er erklären sollte, was sie für ihn war, aber das musste noch warten. Was konnten Worte in diesem Monet bedeuten? *Das hier*, diese Handlung, war das einzig Wahre.

„Warum nennst du mich immer so?", fragte sie mit zusammengekniffenen Augen.

„Weil du mir gehörst und ich dir." Das war das Einzige, was er sagen konnte, während er auf dem Scheitelpunkt ihrer Beine saß. „Und ich würde dich lieben, wenn du mich lässt."

Ein Lächeln umspielte ihre Lippen. „Na gut, wenn du darauf bestehst."

Bei allen Sternen, ja, er bestand darauf.

Der erste Geschmack von ihr war absolut göttlich. Er atmete sie ein, ihr Duft und ihr Aroma wurden sein Ein und Alles. Sie keuchte, stieß einen lustvollen Schrei aus und krümmte sich. Ihre Haut war seidig und warm. Tys Schwanz pochte, ihr Geschmack war das stärkste Aphrodisiakum. Seine Finger tauchten ein in ihr Inneres, während seine Zunge um den Knubbel über ihrem Geschlecht herumwirbelte.

Dieser Knubbel, so hatte er erkannt, war die Quelle

ihrer Lust. Und er gab sich alle Mühe, diesen kleinen Punkt herauszulocken, bis Dorsey sich gegen ihn stemmte, ihre Schreie heiser waren und ihn um mehr anflehten. Er neckte sie, seine Finger tauchten in ihre Nässe ein und wieder aus, bis sie sich ganz steif gegen ihn drückte und zitterte, und ihr Geschlecht sich beim Orgasmus krampfartig zusammenzog.

Er küsste sich wieder nach oben, hielt gerade lange genug inne, um noch einmal ihren Brüsten zu huldigen, und dann, als er ihre Lippen nahm, ließ er sich zwischen ihren Schenkeln nieder, sein Schwanz hart am Eingang ihrer Muschi.

Ihre Augen waren auf die seinen gerichtet, das Braun war so dunkel, dass es fast schwarz war. Ty sah, wie sich seine eigenen Wünsche in den Tiefen von Dorseys Augen offenbarten. Das Band zwischen ihnen war voll entwickelt und vibrierte durch die Verbindung, heiß und vollständig und verzehrend.

Sie waren an einem Ort ohne Worte. Ihre Handlungen und ihre Geräusche waren Sprache genug.

Dorsey griff zwischen sie und streichelte seinen Schwanz, ihre zarten Finger umschlossen ihn wie ein Schraubstock. Tys Hände krallten sich in ihr Haar, sein Mund verschlang ihren, während sie ihn zu ihrem Eingang führte.

Und dann schob er sich in sie hinein, die Spitze seines Schwanzes heiß in der feuchten Hitze ihrer Muschi. Dorseys Finger gruben sich in seine Schultern, ihre Nägel hinterließen Dellen und markierten ihn mit ihrer Leidenschaft.

Tys Krallen wollten hervorschnellen, nicht, um sie zu verletzen, niemals um sie zu verletzen. Aber er war kein grüner Junge, und er hatte diesen Teil von sich unter Kontrolle.

Er wollte es langsam angehen und ihr die Liebe geben, die sie so sehr verdiente. Und dann stöhnte Dorsey, laut und tief, und bewegte ihre Hüften gegen seine, zog ihn tiefer in sich hinein.

Die Bestie in ihm wurde entfesselt, und er drang tief ein und übernahm vollständig Kontrolle. Ty ergriff eine von Dorseys Händen und hielt sie über ihrem Kopf fest, während er sich immer wieder in ihr bewegte, um sie als die seine zu markieren. Seine Zähne schmerzten und seine Urinstinkte zogen an ihm, trieben ihn an, sie auf die traditionelle Art zu nehmen und allen zu zeigen, dass sie ihm gehörte.

Seine Welt wurde kleiner, bis es nur noch Dorsey und ihr süßes, süßes Geschlecht gab. Ihr Atem kam in unregelmäßigen Stößen, und sie wehrte sich ein wenig gegen seinen Griff, wobei sie sich nicht gegen ihn wehrte, sondern instinktiv handelte.

Und mit ihrem wunderschönen Schrei kam sie, sich um ihn windend.

Er konnte es nicht länger aushalten. Ty streckte sich nach vorne und versenkte seine Zähne in ihrer Schulter, um sie unwiderruflich zu markieren, während er sich in ihr entleerte und seine Lust auswrang.

Als er wieder klar genug denken konnte, um sich zurückzuziehen, sah er das Zeichen und ein Anflug von Stolz durchströmte ihn. Dorsey war jetzt seine Denya, ordnungsgemäß gekennzeichnet und in Besitz genommen.

12

KAPITEL ZWÖLF

Dorsey zog sich in dem Zimmer, das eigentlich ihr Gästezimmer war, um. Seit sie vor zwei Tagen zum Palast gebracht worden waren, hatte sie höchstens eine Stunde in diesem Raum verbracht, hauptsächlich zum Duschen und Umziehen. Tys Zimmer war an sich nicht schöner, aber er war da, und so war die Entscheidung, dort zu übernachten, naheliegend.

Gestern Abend war es anders gewesen, und sie versuchte immer wieder, ein Wort zu entschlüsseln, das er in der Hitze des Gefechts zu ihr gesagt hatte. Denya. Der subdermale Übersetzer, den sie hatte, war das Beste, was es gab. Wer so viel auf Reisen war wie sie, musste sich überall verständigen können. Wenn sie also auf Wörter stieß, die sich nicht übersetzen ließen, merkte sie sich diese.

Es klang wichtig.

Sie hatte ihn nicht gefragt, was er damit meinte,

weil ihre Gedanken durch seine Aufmerksamkeit
undeutlich waren, und danach war sie so befriedigt wie
niemals zuvor eingeschlafen. Es war intensiver als
damals auf dem Schiff. Das damals war eine Bestätigung des Überlebens gewesen. Das hier war etwas ganz
anderes.

Es war ein Statement. Er gehörte jetzt ihr, so wie sie
ihm gehörte. Und sie würde dafür sorgen, dass er das
verstand. Es spielte keine Rolle, wie viele verführerische
Blicke Nina ihm zuwarf, sie würde um ihn auch gegen
einen Warlord kämpfen, und in dieser einen Sache würde
sie gewinnen.

Sie wollte sich gerade umdrehen und mit ihm sprechen, als die Kommunikationskonsole in ihrem Zimmer
einen Ton von sich gab. Eine Computerstimme sprach:
„Eingehender Anruf von Reina Draven.“

Lex' Frau. Und wieder spürte Dorsey die Angst.

„Anruf annehmen“, befahl sie.

Der Bildschirm zeigte die Ansicht für eingehende
Anrufe, und einen Moment lang dachte Dorsey, ihr Bildschirm sei defekt. Es war zu dunkel, um etwas anderes
als die schwachen Umrisse einer weiblichen Gestalt zu
erkennen. Ein Licht flackerte auf, beleuchtete sie von
unten und lies sie unheimlich aussehen.

„Dorsey, bist du da?“, flüsterte Reina, die Worte
durchbrachen die Dunkelheit, ihre Verzweiflung und ihr
Schmerz waren sonnenklar.

„Reina?“ Sie war nicht sicher, aber es sah so aus, als
ob Reinas Gesicht geschwollen und mit blauen Flecken

übersät war, eine hässliche Wunde direkt über ihrem rechten Auge. „Was ist passiert?"

„Ich brauche Hilfe", stotterte sie, als hätte sie Angst, zu laut zu sprechen. „Sie haben Haylio mitgenommen, aber ich habe es sie nicht sehen lassen. Er hat mir Zeit verschafft, mich zu verstecken."

„Langsam, wer hat Haylio entführt?" Reinas Bruder lebte mit ihr und Lex zusammen — jetzt nur noch mit Reina. „Was hast du sie nicht sehen lassen?"

„Bitte", flehte sie, und ihre Zähne hoben sich weiß von der Schwärze um sie herum ab. „Ich kann nicht hier bleiben, ich brauche Hilfe."

Sie würde keine Details über den Kommunikationskanal erklären, nicht, wenn sie so viel Angst hatte. Dorseys Handflächen waren schweißnass und ihre Hand zitterte leicht, als sie sie an das Kommunikationsgerät hielt. Sie könnte Keeda davon erzählen und innerhalt einer Stunde könnte ein Team bei Reina sein.

Aber Reina stand bereits unter Schock, und sie würde keinem Fremden trauen. Dorsey wusste auch, dass sie nie erfahren würde, was wirklich geschehen war, wenn sie Ninas Leuten davon erzählte. Sie würden sie im Dunkeln lassen oder einsperren, ohne sich die Mühe zu machen, ihr den Grund dafür zu nennen.

Sie ließ ihre Hand sinken.

„Gib mir deine Koordinaten."

Nachdem Reina sie ihr gegeben hatte, beendete Dorsey das Gespräch. Es wäre töricht anzunehmen, dass die Anrufe nicht überwacht wurden, aber sie war bereit zu wetten, dass sie nicht in Echtzeit überwacht wurden, wenn nicht während der Anrufe ein Algorithmus getriggert wurde. Irgendwann würde Nina es erfahren, aber das könnte Stunden dauern.

Dorsey zog sich noch einmal um und entschied sich für eine enge schwarze Hose und ein schwarzes Oberteil, das ihr viel Bewegungsfreiheit ließ. Sie hatte keine Kampfausbildung, aber sie war bereit zu kämpfen und hochmotiviert. Sie stürmte in Tys Zimmer und er war bereits dabei, sich ähnlich dunkle Kleidung anzuziehen.

„Woher wusstest du das?", fragte sie. Die Wände waren zu dick, als dass er etwas hätte hören können.

Ty warf ihr einen unergründlichen Blick zu. „Ich hatte so ein Gefühl."

Gesegnet seien der Mann und seine Gefühle. Sie küsste ihn schnell und schnappte sich eine Tasche vom Tisch, in die sie die Kleidung stopfte, die sie aus ihrem Zimmer mitgebracht hatte. „Wir müssen unauffällig hier weg", flüsterte sie. Das Zimmer war wahrscheinlich verwanzt. „Ich möchte, dass du eine Freundin von mir triffst. Ihren Mann hast du bereits kennengelernt."

Damit hatte Ty verstanden. Seine Augen wurden groß, das Rot war nur noch eine matte Glut, nicht mehr das leuchtende Rubinrot, das sie so liebte.

Niemand hielt sie auf ihrem Weg nach draußen auf, und Dorsey zählte die Sekunden, bis sie es hinaus geschafft hatten. Der Wagen, mit dem sie zum Markt gefahren waren, stand dort, wo sie ihn abgestellt hatten, und Dorsey glitt auf den Fahrersitz und wartete gerade lange genug, bis Ty die Tür hinter sich geschlossen hatte, und fuhr dann los.

Sie gab die Koordinaten ein, und schon waren sie unterwegs.

„Hast du keine Angst, dass uns jemand folgt?", fragte Ty.

„Sie können das Auto orten, egal ob wir das Navi benutzen oder nicht." Wenn sie, so wie auf dem gestohlenen Schiff, den Ortungsmechanismus deaktiviert hätte, hätten sie Ninas gesamte Wachmannschaft am Hals gehabt. Es ergab keinen Sinn, das Schicksal herauszufordern; sie hatten technisch gesehen keine Regeln gebrochen.

„Also, was ist passiert?"

Es dauerte nicht lange, alles zu erklären, und der Ort, zu dem die Koordinaten führten, war nicht weit von Ninas Palast entfernt. Als das Fahrzeug zum Stehen kam, hatte Dorsey ihm alles erzählt. „Sie hat im Moment wirklich Angst und könnte bewaffnet sein."

„Wir müssen uns wirklich ein paar Blaster besorgen", sagte Ty. Sie konnte erkennen, dass er sich gerne an das Rohr erinnerte, das er entwendet hatte.

„Du benutzt keinen Blaster gegen meine Freundin."

Ty grinste sie an, und etwas in ihrem Inneren krampfte sich zusammen. Nicht der richtige Zeitpunkt, sagte sie sich. „Wenn jemand sie angreift, dann würde ich ihn benutzen."

Sie stiegen aus dem Speeder. Diese Gegend war nur ein

paar Blocks vom zentralen Markt und der Straße entfernt, in der sie die Hochzeit gesehen hatten. Die Koordinaten, die Reina ihnen gegeben hatte, führten sie nicht zu ihrer und Lex' Wohnung, sondern nur in die Nähe. Wenn jemand hinter Haylio her gewesen war, hätte sie vielleicht diese Entfernung zurücklegen können, um ihnen zu entkommen.

Es war eine anständige Wohngegend, aber keineswegs ein Viertel für die Reichen. Die Straßen waren bedeckt mit feinem Sand von den Dünen vor der Stadt, und in den Rinnsteinen war hier und da etwas Abfall zu sehen. Er war nicht schmutzig, aber die Straßenreinigungsroboter kamen nicht regelmäßig genug vorbei, um alles richtig sauber zu halten.

Ein paar Leute waren unterwegs, aber niemand sah verdächtig aus. Sie glaubte nicht, dass die Mutter mit ihrem Kind am anderen Ende der Straße eine verängstigte Frau aus ihrem Haus gejagt oder einen erwachsenen Mann entführt hatte. Aber es waren schon seltsamere Dinge passiert.

Die genauen Koordinaten, die Reina ihr gegeben hatte, führten zu einer Mauer. Sie waren gekommen, um sie zu abzuholen, aber Reina war weg.

———

Dorsey blieb direkt vor Ty stehen und stieß einen kurzen frustrierten Schrei aus. Ihre Hände ballten sich zu Fäusten und sie hob sie hoch, als ob sie sie gegen die

Mauer schlagen wollte. Ty packte sie an der Schulter, damit sie sich nicht selbst verletzte.

„Ist das der Ort?", fragte er. Sie waren in einer kleinen Straße, im Erdgeschoß eines jeden Gebäudes war jeweils ein Laden. Ein paar Schritte von der Mauer entfernt befand sich eine Tür, über der Nummern und eine kleine Sprechanlage angebracht waren, was vermuten ließ, dass es sich um ein Appartementhaus handelte.

Doch Dorsey starrte nur auf die Mauer. „Das waren die Koordinaten."

Und sie war nicht da. „Könnte sie sich irgendwo versteckt haben?" Wenn sie auf der Flucht war, ergab das Sinn.

Dorsey hob eine Hand und schaute noch genauer auf diesen einen Punkt auf der Mauer. Dann lehnte sie sich zurück und lächelte. „Es ist ein Verzerrungsfeld. Sie versteckt sich direkt vor unseren Augen", Dorsey streckte eine Hand aus, und legte sie flach gegen die Wand. „Es ist wärmer als es sein sollte."

Ein Verzerrungsfeld störte bei mehreren Spezies die Sinne. Sie konnten Mauern vortäuschen, wo es keine gab, und jemanden stundenlang versteckt halten. Aber es waren schnelle und schmutzige Tricks mit der unange-nehmen Angewohnheit, genau im falschen Moment zu versagen. Und man war darin gefangen. Man musste schon verzweifelt sein, um darauf zurückzugreifen.

„Wir brauchen Hitze", sagte er. Die Verzerrungen konnten Flammen nicht standhalten, und ein Laser half auch. Aber sowohl er als auch Dorsey hatten kaum etwas dabei. Ty sah sich um. Das Geschäft, das ihnen am nächsten war, verkaufte Kleidung, und das Geschäft auf der anderen Straßenseite warb für die besten Suppen der Stadt. „Bleib hier", sagte er ihr. Es gefiel ihm nicht, sie ungeschützt zu lassen, aber er wusste, dass sie ihre Freundin nicht alleine lassen würde, und die größte Gefahr war vorüber.

Für den Moment.

Ty joggte die Straße hinunter. In jeder Stadt auf jedem Planeten gab es irgendeine eine Art Tante-Emma-Laden, der zu Fuß erreichbar war. So funktionierten die Städte. Doch als er an der Straßenecke ankam, sah er nur ein weiteres Café.

„Langsam, Cousin. Warum die Eile?" Zuerst verstand er die Worte nicht und erkannte nicht, dass sie für ihn bestimmt waren. Aber dann machte es klick. Jemand sprach Detyen.

Ty wirbelte herum und sah einen jungen Detyen-Mann mit aquamarinblauer Haut und Clanzeichen, die einen Arm bedeckten und zu seinem Hals hinaufkletterten. Sein Haar war kurz geschnitten, und er trug einen dicken Spazierstock bei sich, der im Notfall auch als Waffe dienen konnte. Ty hatte Detyen schon lange nur noch in den Sprachnachrichten von seiner Familie gehört, und als er antwortete, fühlte es sich ungewohnt an. „Guten Tag, Cousin." Sie waren höchstwahrscheinlich nicht verwandt, aber da so wenige Detyen übrig waren, galten routinemäßig alle als entfernte Familienmitglieder.

„Ich bin Stoan NaTakandey. Du musst neu sein in dieser Stadt." Er schien ein netter Mann zu sein, aber Ty hatte keine Zeit zum Plaudern.

„Hast du ein Feuerzeug? Oder ein Laserlicht?", fragte er, ohne sich vorzustellen. Sie würden sich später unterhalten, wenn Dorsey nicht auf ihn angewiesen war.

Stoan nickte, griff in seine Tasche und holte ein schlankes Gerät heraus, das in seiner großen Handfläche winzig wirkte. „Ist das für das Verzerrungsfeld?", fragte er und nickte in Richtung die Straße hinunter.

„Wie hast du ...?" Er wollte es nicht verraten, aber der Mann hätte gar nicht wissen dürfen, dass es da war.

„Ich habe eine Frau vorbeilaufen sehen. Sie war schnell, und ich konnte sie nicht gut sehen, weil sie eine Kapuze übergezogen hatte. Mein Bruder war am anderen Ende der Straße, aber sie kam dort nicht heraus. Er sagte, sie sei einfach verschwunden." Er zuckte mit den Schultern. „Jetzt kommst du und fragst nach etwas, mit dem du Hitze erzeugen kannst. Sieht so aus, als gäbe es dort ein Verzerrungsfeld."

Eine normale Person würde diese Verbindung nicht herstellen. Aber Ty bezweifelte, dass dieser Mann etwas mit der Entführung von Reinas Bruder zu tun hatte. Er sah nicht aus, als hätte er gerade einen Kampf gehabt. „Wir sollten uns später unterhalten."

Stoan nickte. „Ja, das würde mir gefallen." Er gab Ty seinen Kommunikationscode und ging.

Andere hätten vielleicht mehr Hilfe angeboten, aber Ty wusste die Diskretion zu schätzen.

Er lief zurück zu Dorsey und sah sie lässig an die Mauer gelehnt, als ob es nichts in der Welt gäbe, um das sie sich Sorgen machen könnte. Er war erneut von ihrer Schönheit beeindruckt. Die Sonne traf sie genau richtig und verwandelte ihr Haar in einen lockigen dunklen Heiligenschein. Sie hatte sich ihm hingegeben, und auch wenn sie noch nicht alle Details geklärt hatten, gehörte sie jetzt ihm. Und niemand sonst konnte Anspruch auf sie erheben.

„Hast du es bekommen?", fragte sie.

Er überreichte ihr das Feuerzeug. Sie nahm es und drückte ihren Daumen auf die Unterseite des Geräts. Ein kleiner sprühender Funke kam aus der Spitze und wuchs zu einer drei Zentimeter langen gelben Flammenkugel heran. Die Flamme würde bleiben, solange Dorsey ihren Finger nicht wegnahm, immun gegen Wind oder Regen oder irgendetwas, das sie auslöschen könnte.

Sie bückte sich und schnappte sich ein zerknülltes Stück Papier, das jemand auf die Straße geworfen hatte. Es sah größtenteils trocken und nicht allzu sehr zertrampelt aus, aber das Einzige, was zählte, war, dass es brennbar war. Ty hoffte, dass Reina flink genug war, um vor der Flamme zurückzuweichen. Das Verzerrungsfeld wirkte in beide Richtungen. Sie würde nicht wissen, dass sie kommen, bis das Feuer seine Arbeit getan hatte.

Das Papier fing Feuer und Dorsey legte es am Fuße der Mauer ab. Es rauchte und rollte sich in sich selbst zusammen, aber mit der Wand schien sich nichts zu passieren. Ein winziges Stück Brennstoff konnte einer

Mauer nichts anhaben. Vor allem konnte es nicht dazu führen, dass eine Mauer wie ein verängstigtes Beutetier summte und zitterte.

Aber genau das passierte gerade.

Während der Rauch aufstieg, vibrierte die Mauer vor ihnen, das Brummen wurde zu einem Wimmern und dann zu einem Kreischen, bis sie mit einem gewaltigen *Knall* nachgab und völlig verpuffte, wobei eine menschliche Frau zum Vorschein kam, die nicht älter als Dorsey war und die hinter der Stelle, an der die Illusion platziert gewesen war, an die echte Mauer geschmiegt war. Das Versteck wäre aufgefallen, wenn nicht zwei Stützpfosten eine Spalte gebildet hätten, die gerade groß genug war, dass ein Mensch hineinkriechen konnte.

Das Feuer brannte nach dem Kollaps des Feldes noch einige Sekunden weiter, aber ohne etwas anderes Brennbares in der Nähe reduzierte es sich zu etwas Glut und dann war da nur noch ein bisschen Rauch. Reina sprang über die heißen Überreste und in Dorseys Arme. Dorsey umarmte sie und hielt sie fest, während Ty den Rest der Straße im Blick behielt.

Niemand beobachtete sie und niemand schien bemerkt zu haben, dass ein Teil eines Gebäudes gerade seine Form verändert hatte.

„Wer ist das?", hörte er Reina fragen.

Er drehte sich um und sah sie an. Ihre Haut war viel heller als die von Dorsey, und ihr blondes Haar fiel ihr glatt bis auf die Schultern. Der Verletzung über ihrem Auge hatte sich von der roten Beule, die sie bei dem

Anruf gesehen hatten, in eine hässliche lila und graue Beule verwandelt. Es sah sehr schmerzhaft aus, aber er wusste, dass Menschen eine Menge Verletzungen einstecken können.

Ihre Unterlippe war geschwollen und hatte eine Schnittverletzung, aber sie stand aufrecht, als sie von seiner Denya zurücktrat, und ansonsten schien sie unverletzt zu sein. Wie Stoan schon erwähnt hatte, trug sie ein dunkles Kapuzengewand und eine locker sitzende schwarze Hose. Wenn sie rannte, würde man kaum mehr als einen dunklen Schatten erkennen.

„Das ist Ty, ein Freund“, sagte Dorsey. „Wir müssen dich von hier weg und in Sicherheit bringen.“

„Was ist mit Haylio?“ Sie klang schwach, gebrochen. Sie hatte gerade ihren Mann verloren und nun war auch noch ihr Bruder entführt worden. Aber Ty wusste, dass Blicke und Worte trügen können. Sie war ihren Angreifern entkommen, hatte sich gut versteckt und Hilfe herbeigerufen. Eine gebrochene Frau hätte sich entführen oder töten lassen. In Reina steckte mehr, als man auf den ersten Blick erkannte.

„Wir sind direkt hierhergekommen“, sagte Dorsey ihr. „Lass uns in unsere Unterkunft gehen und dann Hilfe rufen. Jemand wird nach ihm suchen, wenn wir den Behörden Bescheid geben.“

Ihm fiel auf, dass sie nicht erwähnte, wo ihre Unterkunft war.

Aber Reina fuchtelte mit ihrem persönlichen Kommunikator herum und deutete auf den Bildschirm.

„Du musst dir das ansehen, ich habe versucht, es dir zu schicken, aber irgendetwas hat die Übertragung blockiert."

„Was ist es?" Dorsey drehte sich um und stellte sich neben sie.

Ty gesellte sich zu ihnen. „Wir sind hier auf dem Präsentierteller. Wir können es uns im Speeder ansehen, wenn das Schutzschild aktiviert ist."

Reina sah ihn an, als wolle sie widersprechen, dann schaute sie wieder zu Dorsey, als suche sie Unterstützung. Aber Dorsey nickte bereits. „Gute Idee, ich spüre schon fremde Blicke."

Wahrscheinlich war es nur der Stress, aber Ty kannte das Gefühl.

Die Straße war genauso belebt wie bei ihrer Ankunft, das heißt, es war überhaupt nichts los. Es konnten nicht mehr als zehn Minuten vergangen sein, aber es fühlte sich an wie eine Ewigkeit. Der Speeder war an derselben Stelle geparkt, an der sie ihn verlassen hatten und sah unangetastet aus. Dennoch hob Ty eine Hand und inspizierte den Unterboden und die Türen, bevor er Dorsey oder Reina das Fahrzeug berühren ließ.

Irgendetwas fühlte sich falsch an. Es mochte Paranoia sein, aber man nannte es nicht Paranoia, wenn jemand nach einer Explosion zerfetzt auf der Straße lag.

Als er zufrieden war, stiegen sie in den Speeder. Es war eng, aber sie drängten sich alle auf dem Vordersitz zusammen und stellten Reinas Kommunikator auf Hologramm-Modus.

Ein Licht flackerte, und dann zeigte sich auf dem Bildschirm ein sehr lebendiger Lex, er lächelte und winkte aus dem Frachtraum seines Schiffes. „Hey, Babe", sagte er, und seine Stimme war höher, als Ty erwartet hatte. „Ich weiß, dass ich nicht hier drin sein darf, aber ich denke, dass du mich nicht verraten wirst."

Er kicherte vor sich hin und Ty sah, wie Reina sich eine Träne aus dem Auge wischte. Dorsey legte einen Arm um ihre Schultern und streichelte sie sanft, um sie zu trösten.

Lex lehnte sich an eine große rote Kiste, und Ty konnte gerade noch ein rundes Symbol mit einem Dreieck darin erkennen. Das Symbol war auf mehreren roten Kisten, die in der Holoprojektion zu sehen waren, aufgedruckt. „Das wird für eine Weile der letzte Trip sein. Ich habe ein gutes Angebot für die Lieferung bekommen, und danach wird alles einfacher. Ich weiß, es würde dir nicht gefallen, wenn ich dir sagen würde, wer mir den Auftrag gegeben hat, aber glaub mir, das ist nur ein Geschäft. Du brauchst keine Angst zu haben."

Reina machte sich nicht mehr die Mühe, ihre Tränen wegzuwischen; sie ließ sie einfach fließen.

„Sie haben mir die Flugroute und saubere Papiere gegeben, es wird also alles gut gehen. Und sie haben mir sogar ein kleines Geschenk für dich mitgegeben." Er öffnete seine Hand und Dorsey zuckte zusammen, als sie den leuchtenden rosa Stein sah. Lex zwinkerte und schloss seine Hand zur Faust. „Sag niemandem etwas.

Wir werden uns ein schönes Dinner gönnen, wenn wir …"

Sein Satz wurden durch eine Explosion unterbrochen und das Holovideo wurde schwarz.

„Dieser Bastard", zischte Dorsey.

Ty hatte immer noch nicht alles verstanden, aber er wusste, dass sie nicht ihren toten Freund verfluchte. „Was meinst du?"

Sie sah ihn mit funkelnden Augen an. „Droscus hat Lex töten lassen, und er hat versucht, dasselbe mit mir zu tun."

13
KAPITEL DREIZEHN

Ein Blick auf das Video und Nina glaubte ihr. Vor allem, als Dorsey zugab, dass sie rote Kisten transportiert hatte, die so aussahen wie die in Lex' Frachtraum. Es waren sicher nicht in allen Kisten Amethyste aus Tarnia gewesen, aber in einigen bestimmt.

Nina kontrollierte den Edelsteinhandel auf dem gesamten Planeten, nicht weil sie ein Warlord war, sondern weil sie einer jahrhundertealten Familie entstammte, die Anspruch auf die Minen erhoben hatte. Auf einer kurzen Konferenz, an der Dorsey, Ty und Reina teilnehmen durften, erfuhren sie, dass Droscus eine Quelle für Edelsteine gefunden hatte und diese schon seit einiger Zeit vom Planeten wegschmuggelte.

„Ich hatte keine Beweise", sagte Nina, „und konnte deshalb nichts unternehmen. Nicht ohne einen *Zwischenfall* zu verursachen", spottete sie, als ob die Sorge um politische Konsequenzen eine Ausrede für Schwächlinge wäre.

Ninas ranghöchster Berater, Captain Kayn, stand ihr bei und hielt den Mund. Aber seine Lippen verzogen sich zu einem schmalen Strich, und Dorsey dachte, dass er wahrscheinlich etwas zu sagen hatte, das Nina nicht gefallen würde.

„Wie oft hast du diese Lieferungen für Droscus gemacht?", fragte Nina, mehr anklagend als fragend.

Dorsey wich etwas zurück, aber Ty war da, sein Arm berührte schweigend unterstützend den ihren. „Ich habe einige Male genehmigtes Frachtgut für ihn transportiert", gab sie zu. Es war nicht illegal, für andere Machthaber zu arbeiten, aber sie mochten es nicht, wenn jemand zugab, dass er Geld vom Feind annahm. „Aber ich habe vor etwa sechs Monaten aufgehört, seine Lieferungen mitzunehmen. Seine Leute verlangten Lieferungen in unmöglich kurzer Zeit und über gefährliche Routen", Droscus selbst hatte diese Forderungen nie gestellt, aber warum sollte er auch? Mittelsmänner waren dafür da, um mit unwichtigen Leuten wie ihr zu sprechen. „Die roten Kisten tauchten danach vielleicht noch zwei oder drei Mal auf. Sie trugen keine Markierungen, aber sie hatten einen Sperrvermerk."

Ein Sperrvermerk bedeutet in der Regel, dass eine Gefahr für die Umwelt bestand. Für die Aufträge gab es einen Bonus, und sie hatte immer darauf vertraut, dass die Versiegelung für ihre Sicherheit sorgte.

„Und du glaubst, er hat dich weiter benutzt?", fragte Kayn. „Warum?"

Dorsey dachte darüber nach. Sie hatte versucht, das zu verstehen, seit sie das Holovideo gesehen hatten. Ty ergriff ihre Hand und drückte sie, ihr stiller Beschützer. „Ich habe die Erlaubnis, in andere Systeme zu liefern." Es war nicht selten, aber nur etwa dreißig Prozent der Piloten des Konsortiums bemühten sich um eine solche Lizenz. „Und", fügte sie hinzu, „ich bin nicht von hier. Ich bin von der Erde. Vielleicht ... Ich weiß es nicht, aber das könnte eine Rolle spielen."

„Glaubst du, dass deine Gefangennahme damit zusammenhängt?", fragte Nina. Ihr Haar war zu einem Zopfmuster geflochten, und sie trug anstelle ihres Uniformmantels einen Kampfanzug aus dunklem Leder. „Warum hat er dich nicht umgebracht?"

„Sie hatten den Auftrag, sie zu töten", warf Ty mit rauer Stimme ein.

„Was?", wollte Nina wissen, wobei ihr Blick zwischen ihm und Dorsey hin und her schoss.

Aber Dorsey verstand, was er meinte, und griff seinen Gedanken auf. „Frachterpiloten werden so oft von Piraten getötet, dass das keine großen Fragen aufwirft", sagte sie. „Wenn man also einen von ihnen umbringen möchte, heuert man ihn an. Aber die Piraten waren auch Sklavenhändler. So könnten sie Droscus' Bezahlung für meine Tötung angenommen haben und dann auf die Idee gekommen sein, ihr Geld möglicherweise sogar zu verdoppeln, indem sie mich auf den Sklavenmärkten verkaufen."

„Du schreibst dir selbst einen hohen Wert zu", sagte Kayn finster.

Dorsey zuckte zurück. Diese Menschen kannten die Geschichte der Erde nicht; sie wussten nicht, warum die Aussicht auf Sklaverei besonders schmerzhaft war. Das ließ die Bitterkeit nicht weniger werden. „Viele Frachterpiloten würden keinen hohen Preis einbringen. Ich bin jung, *exotisch*", schnauzte sie ihn an, obwohl sie wusste, dass es daran lag, dass sie ein Mensch war, und nicht an der Farbe ihrer Haut oder der Form ihrer Augen, „zumindest nach den Maßstäben einiger. Und hübsch. Das sind ein paar tausend Credits mehr auf ihrem Konto."

Tys Griff um ihre Hand tat fast weh. Sie drückte zurück. „Es gibt mindestens ein oder zwei Sklavenmärkte, die näher an dem Punkt liegen, an dem Dorsey vom Kurs abgekommen ist", sagte er. „Ich war am Tor von Jaaxis, und der einzige Grund, sich so weit vom Konsortium zu entfernen, ist, wenn man seine Spur verwischen will."

Nina nickte. „Ja. Ich stimme zu."

Das war großartig, das Rätsel war gelöst, aber Dorsey interessierte sich im Moment nicht für die Gründe. Nach einer kurzen Befragung erhielt Reina ein eigenes Zimmer und eine Wache, die darauf achtete, dass sie dort blieb. Solange Haylio verschwunden war, war sie eine Gefahr für sich selbst, zumindest behaupteten das Ninas Sicherheitskräfte. Und Dorsey würde die Aufmerksamkeit von

Droscus niemandem wünschen, schon gar nicht einer Freundin.

„Was ist mit Haylio? Er wurde wegen Reina entführt. Wegen Lex. Aber er selbst ist unschuldig an der ganzen Sache. Wir müssen ihn zurückholen." Das kam einer Forderung an den Commander sehr nahe, aber Dorsey fühlte sich stark. Sie wollte einen Kampf.

Und wenn Nina ihn nicht befreien würde, würden sie und Ty es tun.

Aber das war dann doch nicht nötig. „Ihr habt Glück. Es kam ein Funkspruch mit Informationen über seinen Standort. Du und dein Freund", sie nickte Ty zu, „werden zusammen mit einer kleinen Einheit reingehen und ihn befreien. Alle notwendigen Ausrüstungsgegenstände befinden sich in euren Zimmern. Rendezvous in zwei Stunden."

Damit waren sie entlassen.

In ihrem Zimmer fand Dorsey eine taktische Ausrüstung, zwei Blaster und einen Mehrzweckgürtel mit einem Dutzend Knöpfen. Die meisten waren beschriftet, aber sie drückte nicht darauf, aus Angst, etwas auszulösen, was sie nicht kontrollieren konnte.

Als sie Tys Zimmer betrat, zog er sich gerade sein Shirt an, um seine köstlichen Bauchmuskeln zu bedecken. Sie wollte die Hand ausstrecken und sie berühren, sich selbst in Schwung bringen und auch ihm etwas von der vibrierenden Energie geben, die sie durchströmte. Aber eigentlich wollte sie ihn einfach.

„Tut es dir leid, dass du in all das hineingeraten

bist?", fragte sie. Vielleicht gab es auf Jaaxis ein nettes Mädchen, mit dem sein Leben einfacher sein konnte. „Ich weiß, ich bin nicht die, die du ..."

Ty trat an sie heran und legte einen Finger auf ihre Lippen. „Kein Wort mehr", befahl er, was ihr einen weiteren Schauer über den Rücken jagte. Seine bloße Anwesenheit war ausreichend. „Du gehörst mir. Verstehst du das? Du bist für mich bestimmt, wie es keine andere je sein könnte."

„Du weißt nicht ..."

Er bewegte seine Hand so, dass sein Daumen ihre Unterlippe berührte; ihre Zunge schoss hervor und leckte ihn. „Ich weiß es", schwor er. „Wenn wir zurückkehren, müssen wir einige Dinge besprechen. Aber du sollst wissen, dass ich dich für den Rest meiner Tage an meiner Seite haben werde. Wenn wir alt sind und die Kinder unserer Enkelkinder ihren Weg finden, werde ich dir immer noch genauso gehören wie heute. Verstehst du das?"

Er sagte, dass er sie liebt. Vielleicht nicht so, wie es ein Mensch das sagen würde, aber Dorsey wusste es. Und sie wusste, was sie darauf antworten musste. „Ja, das tue ich."

———

Ty war kein Soldat, nicht nach den Maßstäben des Konsortiums. Aber er war schon in jungen Jahren auf einem Söldnerschiff ausgebildet worden. Er war zwar

Pilot und Mechaniker, aber jeder dort hatte gelernt, zu kämpfen. Der Art und Weise, wie Dorsey mit ihrem Blaster umging, während sich der Transporter auf den Start vorbereitete, war zu entnehmen, dass sie zumindest flüchtig mit dem Kämpfen vertraut war.

Er konnte es kaum erwarten, zu erfahren, woher sie wusste, was sie wusste.

Es wurde jedoch bald klar, dass ihre Anwesenheit auf dem Transport nur ein Witz von Nina war. Die vier Soldaten, die für die Mission ausgewählt worden waren, saßen zusammengekauert an einem Ende des Fahrzeugs und besprachen die Mission untereinander, während er und Dorsey außen vor blieben.

Der Flug dauerte nicht lange und sie landeten mit einem lauten Aufsetzen. Schließlich wandte der Leiter der Einheit seine Aufmerksamkeit Ty und Dorsey zu. „Ihr zwei bleibt hier und bewacht mit Hahns den Transporter. Er hat das Sagen. Macht keine Dummheiten."

Und dann war das Team weg und Ty und Dorsey blieben allein im Fahrgastraum zurück. Hahns war nur über den Kommunikator erreichbar. „Bleibt dort hinten und behaltet die Überwachungsvideos im Auge", befahl er mit knisternder Stimme, „und ruft, wenn ihr etwas Verdächtiges seht."

Ty wollte knurren oder auf und ab gehen. Stattdessen blieb er ruhig und zwang sich, sich zu konzentrieren. Wenn dem Transporter etwas zustoßen würde, wären sie hier gestrandet, weit außerhalb von Ninas Gebiet und ohne Hoffnung auf Rettung. Dies war eine verdeckte Mission, hatte sie gesagt. Die Ablenkung würde nur einmal funktionieren.

„Sicherheitsvideo, Vollansicht", sagte er und rief den Bildschirm auf, der den größten Teil der Innenwand einnahm. Sie hatten einen fast dreihundertsechzig Grad Rundblick auf die Umgebung, oder hätten ihn gehabt, wenn Hahns sie nicht so gut versteckt hätte.

Sie waren auf einem Felsvorsprung gelandet, dessen dunkler Stein die dunklere Außenwand des Schiffes verbarg. Das menschliche Auge würde sich davon nicht täuschen lassen, aber Maschinen waren selten gut genug kalibriert, um die Unterschiede und Muster zu erkennen, die das bewusste Gehirn ausmachen kann. Das Team, das Haylio befreien sollte, war bereits außer Sichtweite oder benutzte seine Tarnung. Ihre Notrufsignale würden sie aufleuchten lassen, wenn sie in Schwierigkeiten gerieten, aber bis dahin waren sie Geister.

„Ich hätte mit so etwas rechnen müssen", sagte Dorsey. „Warum sollte sie uns jemals einbeziehen?"

„Wir helfen", antwortete er, auch wenn er es selbst nicht glaubte.

Sie stieß nur ein ironisches Lachen aus.

Sie standen beide in der Mitte des Schiffes und hielten Ausschau nach etwas Gefährlichem. Ein Grashalm wehte vorbei, aber ansonsten waren sie zu gut versteckt, um wirklich in Gefahr zu sein.

„Versprechen wir uns, dass wir nächste Woche nicht mehr auf etwas warten müssen", schlug Dorsey vor. „Ich habe genug von diesem Scheiß."

Das Warten ging weiter. Diesmal hatte Ty wenigstens einen Zeitmesser und konnte sehen, wie die Minuten vergingen.

„Sie sagten, es sollte nicht länger als eine halbe Stunde dauern, nicht wahr?", fragte Dorsey. Sie konnte ihr Zappeln kaum unterdrücken. Es war schwer, zu warten und nichts zu tun. Sie ging zum Heck des Fahrzeugs und atmete tief durch. Die Heckklappe stand offen, so dass das Team, wenn es verfolgt würde, ohne Verzögerung schnell einsteigen könnte. Aber die Klappe war nur einen Spalt geöffnet, und sie bekam nicht viel frische Luft. Sie legte ihre Hand an die Tür, um sie ein wenig weiter zu öffnen.

Die Bildschirme um sie herum wurden schwarz.

„Hahns?", fragte Ty, leise flüsternd. „Bist du da?"

Im schummrigen Licht sah Ty, wie Dorsey ihre Hand zurücknahm und zwischen ihrer Hand und der Tür hin und her schaute. Sie sah ihn an, und ihr Gesichtsausdruck sagte eindeutig *ich war das nicht*.

„Bildschirmanzeige, Vollbild", sagte sie und versuchte, das Holovideo wieder einzuschalten.

In der Ferne ertönte ein hartnäckiges Klopfen, das von Sekunde zu Sekunde näher kam. Ty zog seine Waffe und Dorsey folgte seinem Beispiel. Er schlug gegen die Hülle, die sie von Hahns trennte, aber ihr Pilot reagierte nicht. Er versuchte, die Tür zum Cockpit zu öffnen, aber sie war verschlossen.

Dorsey versuchte immer wieder, die Bildschirme per Sprachbefehl zu aktivieren, während Ty gegen die Tür hämmerte. Sein Herz raste und er konnte das Blut in seinen Ohren rauschen hören. So sollte es nicht sein. Die Cockpittür konnte vom Passagierraum aus nicht von Hand betätigt werden, aber es gab einen Zugang von außen. Ohne Sicht nach draußen, konnten sie sowieso nicht hier drin bleiben.

Als er sich umdrehte, sah er Dorsey, die mit den Händen an einer Naht im Rumpf entlangfuhr, wahrscheinlich auf der Suche nach einem Kommunikationssteuergerät. Ty ließ sie arbeiten und schritt zum einzigen anderen Ausgang, den sie hatten, der Tür nach draußen. Er lauschte mit gespitzten Ohren auf jedes Geräusch, das nicht da sein sollte. Seine Knöchel schmerzten und seine Krallen kratzten an der Hautoberfläche, aber er ließ sie vorerst nicht heraus. Sie waren eine Waffe und ein Vorteil, den er nicht mangels guter Nerven aufgeben wollte.

Draußen war es still, nicht einmal der Wind war zu hören.

Dorsey gab es auf, die Hülle abzusuchen und trat dicht an ihn heran, wobei sie kaum atmete, während sie sprach. „Wir müssen raus, nicht wahr?" Sie wirkte jetzt nicht mehr so zuversichtlich, aber ihre Entschlossenheit war unverändert stark.

Ty nickte. „Ich möchte, dass du mir Deckung gibst, während ich vorne herumgehe."

„Nein", sagte sie in normalem Tonfall, eine kurze Unterbrechung der Stille. Sie fuhr ruhig fort. „Du bist ein besserer Kämpfer und wahrscheinlich auch ein besserer

Schütze. Wenn Hahns ... du weißt schon, ich kann das Schiff fliegen. Du musst gegen die bösen Jungs kämpfen", ihr Vertrauen in ihn war felsenfest.

Ty küsste sie und stimmte zu. Wenn er gekonnt hätte, hätte er sie in relativer Sicherheit gelassen, aber sie wollte mitkommen und er konnte sie nicht davon abhalten. Nicht jetzt. „Wenn ich sage, dass es okay ist, beweg dich langsam. Wenn du Schüsse hörst, wirf dich auf den Boden oder such dir Deckung. Verstanden?"

Sie nickte. „Verstanden."

Er sprach ein Gebet zu den Ahnen, die über ihn wachten, und zu den Göttern dieses Landes, nicht für sich selbst, sondern für seine Denya. Solange sie überlebte, würde er jeden Preis zahlen.

Ty öffnete die Tür und blieb in Deckung, seinen Blaster gezogen und bereit. Der Bereich vor der Tür sah aus wie eine Höhle, aber in Wirklichkeit war es nur eine Felswand mit einem kleinen Vorsprung über ihnen. In der Höhle war ein schwaches Rauschen des Windes zu hören, das selbst für seine empfindlichen Ohren kaum wahrnehmbar war. Ansonsten hörte Ty nichts. Wenn der Feind da draußen war, befand er sich hinter einem Schallschutz.

Er nickte Dorsey zu und ließ sie gehen.

Sie bewegte sich mit einer geschmeidigen Anmut, die auf eine gewisse Ausbildung schließen ließ, auch wenn sie keine Kriegerin war. Vielleicht war sie einmal eine Tänzerin gewesen. Er stieg neben ihr aus und schloss die Tür hinter sich. In den Handabdruck-Scanner an der

Außenseite des Schiffes waren die Handabdrücke jedes Teammitglieds einprogrammiert worden, so dass sie jederzeit zurückkehren konnten. Selbst wenn das nicht funktionierte, war es besser, ausgesperrt zu sein, als dem Feind das Schiff zu überlassen.

Dorsey schmiegte sich an die Seite des Schiffes, leicht geduckt, den Blaster im Anschlag. Ihre Schritte waren leicht, aber Steine und Erde knirschten trotzdem unter ihren Füßen. Aber wenn Ty Dorsey schützen sollte, konnte er sich nicht auf sie konzentrieren.

Er schaute über den kleinen überdachten Bereich hinaus, in dem sie sich versteckt hatten. Hinter ihrem felsigen Vorsprung waren ... noch mehr Felsen. Dieser Teil des Planeten schien aus nichts als Gestrüpp, Schmutz und Felsen zu bestehen. Die Felsen hatten Farben, die von fast weiß bis zu einem Braun reichten, das man bei schwachem Licht für schwarz hätte halten können. Die größeren Felsen zeigten ihr Alter durch Gesteinsschichten, die sich während der Entwicklung des Planeten gebildet hatten.

Aber insgesamt fühlte sich dieser Ort tot an. Es gab kein Leben hier.

Und es gab niemanden, den Ty sehen konnte, der darauf wartete, dass er sich auf ihn stürzte.

Dorsey schaffte es bis zum vorderen Teil des Transporters und erstarrte. Sie richtete sich auf und spähte angestrengt durch das Fenster, durch das sie in der Hocke gerade noch einen Blick erhaschen konnte. Sie klopfte gegen das Fenster, und Ty wäre bei dem

Geräusch fast aufgesprungen, aber sie schien ihn nicht zu beachten.

Etwas weiter vor ihr befand sich eine kleine Luke, und als sie den Griff versuchte, war sie verschlossen. Sie steckte ihren Blaster ein und drückte ihre Hand gegen das Lesegerät. Ein blaues Licht blitzte auf, und Ty wurde klar, dass er seine Aufmerksamkeit nicht in die richtige Richtung lenkte. Er drehte sich wieder um und trat vom Fluggerät weg. Er brauchte einen besseren Aussichtspunkt.

Mit einem Klicken öffnete sich die Tür zum Cockpit. Aus dem Augenwinkel sah er, wie sich Dorsey bewegte, aber er drehte sich nicht um. Nicht einmal, als er hörte, wie sie eine Reihe von irdischen Flüchen ausstieß. Es war nicht nötig, dass sie ihm sagte, was passiert war.

Der Pilot war weg.

Und bevor sie noch etwas sagen konnte, explodierte der Felsen neben seinem Kopf. Sie standen unter Beschuss.

14
KAPITEL VIERZEHN

Nicht gut, nicht gut, nicht gut.

Dorseys Kopf wirbelte zu Ty herum, als sie das Bersten des Felsens hörte. Er ließ sich auf den Boden fallen und sie schrie auf, wobei sie das leere Cockpit und das Problem vor ihr ignorierte. Gerade als sie runterspringen und zu ihm laufen wollte, rollte er sich weg und sie stellte fest, dass er nicht getroffen worden war.

Sie zwang sich, an Ort und Stelle zu bleiben, nicht zu ihm zu rennen, obwohl ihr Herz drohte, ihr aus der Brust zu springen, wenn sie nur daran dachte, dass er verletzt sein könnte. Hahns, der Pilot, hatte sie im Stich gelassen. Schlimmer noch, er hatte eine Handvoll Kabel aus der Mitte der Navigationskonsole herausgerissen. Das Gefährt wäre vielleicht noch zu retten gewesen, aber es würde Zeit, Werkzeug und eine viel ruhigere Umgebung erfordern, um es zu reparieren.

Dorsey unterdrückte ihre Panik und schob sie tief in

ein Loch in ihrem Inneren, wo sie sich später darum kümmern konnte. Sie durfte sich nicht darauf konzentrieren, dass sie in der Falle saßen, dass der Feind die Oberhand hatte und dass Ty allein da draußen war. Wenn sie das täte, würden sie hier sterben.

Stattdessen setzte sie sich auf den Pilotensitz und startete die Zündsequenz. Zu ihrer Überraschung sprang der Motor an, und die Lichter auf dem Armaturenbrett tanzten so bunt wie die Lichter bei den Diwali-Feierlichkeiten zu Hause. Aber das blinkende rote Licht direkt über dem Zündhebel sagte ihr, dass sie nicht weit kommen würden. Die Triebwerke konnten gezündet werden, das Schiff konnte sogar abheben, aber die Navigation war völlig zerstört, nutzlos. Wenn sie versuchen würden, das Schiff zu fliegen, hätten sie keine Kontrolle.

Ty war da draußen, Ninas Team brauchte sie, und Haylio hoffte auf Rettung. Sie glaubte nicht eine Sekunde lang, dass der Rest des Teams ebenso so feige oder verräterisch wie Hahns sein könnte. Die vier Männer, die Nina geschickt hatte, würden Haylio befreien, und nun lag es an ihr und Ty, sie alle wieder nach Hause zu bringen.

Sie öffnete die Innentür des Cockpits und ging zurück in den Passagierraum. Dort öffnete sie den Waffenschrank und nahm eine Reihe von Lasergranaten, Popper-Packs, zwei Blaster-Ladegeräte und ein kleines Erste-Hilfe-Set an sich. Sie packte alles in einen Rucksack, den sie sich über die Schultern legte.

Dann ging es zurück ins Cockpit. Sie nutzte die Sensoren, um Ty zu finden, der hinter einem Felsvorsprung feststeckte. Dort war es nicht sicher, aber er hatte wenigstens eine Deckung. Sie bewegte die Sensoren von ihm weg und schaltete die Anzeige um, um den Feind zu finden. Das Infrarot zeigte nichts an; sie hatten also entweder etwas, mit dem sie ihre Körperwärme verbergen konnten, oder das, was auf Ty geschossen hat, hatte keine Körperwärme, die es zu verbergen galt.

Dorsey änderte die Suchparameter und suchte nach mechanischen Zielen, aber das ergab ebenfalls nichts.

Da keiner der automatischen Scans etwas Brauchbares lieferte, wandte sie sich dem Handbuch zu. Die menschliche Fähigkeit zur Erkennung von Mustern war bei aller Technik immer noch unübertroffen. Wenn der Computer nichts Außergewöhnliches erkennen konnte, dann konnte sie es vielleicht.

Sie scannte den Rand des Bergrückens über ihnen, suchte nach Farbveränderungen, nach Abweichungen bei den natürlichen Merkmalen, nach allem, was dort nicht sein sollte. Als sie beim ersten Durchgang nichts erkennen konnte, suchte sie erneut. Beim zweiten Durchgang hätte sie es fast übersehen, aber die Sonne traf im richtigen Moment auf eine schmalen Streifen silbrigen Metalls und hob den Feind hervor wie ein Leuchtfeuer.

Sie gab die Koordinaten in das Zielsystem ein und feuerte einen Laserschuss ab, der den Rand der Klippe in ein so heißes Feuer hüllte, dass nichts auf Kohlenstoffbasis es überleben konnte.

Es hätte laut sein müssen. In den Action-Videos und

VR-Spielen gab es immer eine laute Explosion und einen vibrierenden Knall. Aber in dem geschlossenen, geschützten Gehäuse des Cockpits hörte sie nichts und sah nur etwas, das wie ein kleiner Brand und Steinschlag aussah.

Sie wartete, die Hände über den Waffenkontrollen, aber nichts rührte sich. Niemand feuerte zurück.

Dorsey sprang aus dem Cockpit auf den felsigen Boden und rannte dorthin, wo Ty in Deckung gegangen war. Als sie ihn entdeckte, warf sie sich praktisch auf ihn, und beide fielen hin. Er legte seine Arme um sie und drückte sie fest an sich, aber sie tastete ihn weiter ab, um zu sehen und zu fühlen, ob er getroffen worden war.

„Mir geht es gut, mir geht es gut", beruhigte er sie. Und als er sie nicht losließ, wusste sie, dass er genauso mitgenommen war wie sie.

„Ich habe auf sie geschossen", machte sie eine etwas unnötige Bemerkung.

„Du hast auf sie geschossen", bestätigte er.

Sie zitterte, ihr Adrenalinspiegel war hoch. Sie konnte nicht richtig tief einatmen, und vor ihren Augen tanzten Sterne. Ty konnte das erkennen. Er hielt sie fest und lehnte sie gegen eine natürliche Bank im Felsen. Sie war nicht niedrig genug, damit sie sich setzen konnte, aber sie konnte einen Teil ihres Gewichts darauf stützen.

„Ich bin nicht dafür gemacht, ein Soldat zu sein", gestand sie. Sie waren immer noch auf der falschen Seite des Planeten gestrandet und Droscus' Männer konnten jeden Moment auftauchen. Und hier saß sie und flippte aus.

Ty ließ seine Hände über ihre Schultern gleiten. „Du bist unglaublich." Er küsste sie schnell und lehnte sich an sie. „Und wir müssen keine Soldaten sein. Wir sind Überlebenskünstler. Das hier ist nichts."

Er sagte es so, als würde er es glauben. Dorsey nahm seine Worte gierig auf und hielt sich an ihnen fest. Ihre Atmung wurde gleichmäßiger und ihr Herzschlag begann sich zu beruhigen. Sie konnte seine Standfestigkeit tief in sich spüren, als wären sie irgendwie miteinander verbunden.

Dorsey nickte an seiner Schulter. „Okay", sagte sie. „Lass uns loslegen. Wir brauchen ein Fluggerät."

„So schlimm?", fragte er.

Sie nickte und richtete sich auf. „Hahns ist entweder ausgerastet oder er wurde bestochen. Nach dem Chaos zu urteilen, das er hinterlassen hat, glaube ich nicht, dass er noch für Nina arbeitet."

Ty fluchte, die Konsonanten klangen hart und die Worte wurden von ihrem Übersetzer nicht erkannt. Sie musste die Einzelheiten nicht verstehen, um zuzustimmen. „Unsere Freunde dort oben mussten irgendwie dorthin gelangen." Er nickte er in Richtung des Bergrückens und meinte die Leute, die sie angegriffen hatten.

„Ich habe beim Feuern nicht gesehen, dass ein Fluggerät heruntergefallen wäre." Etwas von dieser Größe wäre leicht zu erkennen gewesen.

Ohne darauf zu warten, dass noch etwas anderes

schief gehen konnte, machten sie sich auf den Weg. Der Grat des Bergrückens war mindestens zwanzig Meter über ihnen. Selbst mit der richtigen Ausrüstung wäre sie nicht in der Lage gewesen, ihn zu erklimmen, obwohl sie nicht erstaunt gewesen wäre, herauszufinden, dass Ty es konnte. Er war muskulös und er hatte Krallen.

Aber Klettern war nicht der einzige Weg nach oben. Da sie kaum noch Gefahr liefen, weiter beschossen zu werden, konnten sie den Hügel auf der Rückseite erklimmen und hinter dem Schiff herauskommen. Schweiß durchtränkte ihre Kleidung, und ihr Herz musste auf dem steilen Weg nach oben eine Hochleistung erbringen, aber Dorsey wurde nicht langsamer, egal wie sehr sie sich am liebsten übergeben wollte.

Sie erreichten den Gipfel und Dorsey fiel auf alle Viere und schnappte nach Luft. Ty atmete schwer, aber er konnte sich auf den Beinen halten. Sie rappelte sich wieder auf, ihr Mund war trocken und schmeckte gleichzeitig nach Galle. Aber sie riss sich zusammen. Sie hatte nicht vor, sich zu übergeben.

Dorsey blickte zurück zu der Stelle, wo sie in der Falle gesessen hatten. Dort unten waren sie Zielscheiben gewesen. Und auf der anderen Seite des Bergrückens glänzte ein Kurzstrecken-Speeder im Sonnenlicht.

Kurzstrecken-Speeder war eine etwas missverständliche Bezeichnung. Das Fluggerät konnte zwar die Atmosphäre nicht durchbrechen, aber es konnte mit einer Aufladung Tausende von Kilometern zurücklegen. Er war gerade groß genug für ihr gesamtes Team, wenn sie sich hineinzwängten. Die Heimreise musste nicht bequem sein, sie musste nur schnell gehen.

Dorsey drehte sich zu Ty. „Ich glaube, du bist jetzt an der Reihe, deine Magie einzusetzen", sagte sie. „Du bist der Ingenieur. Ich gebe dir Deckung."

Sie hatten keine Zeit, zu diskutieren. Sie rannten zum Speeder und Ty machte sich daran, sich in das System des Speeders zu hacken. Man musste dafür zwar nicht unbedingt ein Ingenieur sein, aber die Umgehung des Handflächenscans durch Neuverdrahtung der Sicherheitssensoren lag nicht in Dorseys Kompetenzbereich. Sie konnte alles fliegen, aber das bedeutete nicht, dass sie ein Schiff programmieren konnte.

Sie hielt ihren Blaster bereit und hielt die Augen offen, um mögliche Gefahren rechtzeitig zu erkennen. Es war still um sie herum, aber es war die richtige Art von Stille. Das Pfeifen des Windes war zu hören, und in der Ferne hörte sie das Krächzen eines Aasgeiers. Es war nicht gemütlich, es war nicht angenehm, aber es war auch nicht die Art von Stille, die ihr einen Schauer der Angst über den Rücken jagte.

Die Tür zischte, und Ty sprang zurück. Es wurde zu einem Freudensprung, als die Tür aufglitt. Sie kletterten hinein.

„Die Götter sind mir heute wohlgesonnen", sagte Ty mit einem breiten Lächeln, das seine Zähne zeigte. „Sie haben die Sicherheitsfunktionen nicht doppelt abgesichert."

Dorsey grinste. Droscus' Männer, falls sie die

Angreifer waren, hatten sich nicht die Mühe gemacht, die Zündsequenz extra zu sichern. Der Speeder brummte, als Ty ihn startete, aber er hob nicht ab. Sie wussten nicht, wohin sie fliegen sollten.

„Wir können nicht über Breitband senden", sagte sie und meinte damit die Breitband-Funkgeräte, die jede unverschlüsselte Nachricht auffangen können.

„Sie haben auch keine Tracker." Es hatte Sinn ergeben, als sie es ihnen sagten, aber dennoch wünschte Dorsey, man hätte ihnen genug Informationen anvertraut, um eine Rettungsmission zu ermöglichen.

Dorsey war wie erstarrt vor Unentschlossenheit. Es war einfach gewesen, hierher zu kommen, oder wenn nicht einfach, dann war es doch naheliegend gewesen. Sie ließ den Rucksack, den sie mitgenommen hatte, zu Boden fallen und setzte sich auf den Sitz des Kopiloten.

Der Rucksack kippte um und landete auf ihren Füßen, das Gewicht war selbst in ihren dicken Lederstiefeln zu spüren. Sie blickte auf den unscheinbaren Stoff hinunter und dachte an ihre wahnsinnige Eile, und wie sie alles hineingestopft hatte, was nützlich sein könnte.

Hatte sie einen verschlüsselten Kommunikator mitgenommen?

Sie schoss nach vorne und löste entschlossen den Knoten der Kordel, die das Fach des Rucksacks verschloss. Sie steckte ihre Hände hinein und achtete darauf, die Waffen nicht auszulösen. Sie zog aufgereihten Lasergranaten heraus und legte sie vorsichtig neben sich ab.

„Was ist das alles?", fragte Ty und trat vorsichtig einen Schritt zurück, während sie mit Geschützen hantierte, die sie beide in Sekundenbruchteilen töten konnten.

„Das habe ich mir geschnappt, bevor ich raus bin. Ich dachte, ein bisschen Feuerkraft könnte nützlich sein", sagte sie und legte die Laserkanonen neben einen Blaster. „Im Nachhinein betrachtet hätte ich das alles vielleicht sorgfältiger verpacken sollen", sagte sie leichthin, aber Ty lachte nicht. Sie brachte es nicht über sich, zu ihm aufzuschauen, weil sie wusste, dass sie nur Kritik sehen würde.

Doch ganz unten im Rucksack entdeckte sie eine vertraute Form. Dorsey zog es heraus und hielt ein dünnes schwarzes Gerät in ihrer Hand. Der Bildschirm zeigte nichts an, würde sich aber durch die Eingabe der richtigen Sequenz aktivieren lassen. Sie hätte den kleinen Kommunikator küssen können.

Aber dafür hatten sie keine Zeit.

Sie lächelte Ty an, der immer noch so aussah, als wolle er ihr einen Vortrag halten, und tippte den Code ein. Die Leitung knisterte, aber nach ein paar Sekunden meldete sich eine Stimme. „Kadelon, ich empfange Sie."

„Wir haben ein Problem, Sir." Sie hätte ihn mit seinem Dienstgrad angesprochen, wenn sie ihn gekannt hätte. Die Soldaten waren diesbezüglich immer recht empfindlich, also vermied sie es, zu raten.

„Was?", bellte er.

Sie erklärte die Situation so schnell wie möglich, und

der Soldat war nicht erfreut. Dorsey und Ty tauschten schweigend vielsagende Blicke aus, während die Anschuldigungen auf sie niederprasselten.

„Also, ihr bleibt, wo ihr seid, wir kommen zu euch", schloss Kadelon mit dem schärfsten Ton, den er zustande brachte, während er technisch gesehen immer noch flüsterte.

„Haben Sie ..."

Er unterbrach die Verbindung, bevor sie fragen konnte, ob sie Haylio gefunden hatten.

Da sie keine andere Möglichkeit hatten, warteten sie.

Zwei Soldaten trugen eine schwere Last zwischen sich, während die beiden anderen sie mit vorgehaltenen Gewehren absicherten. Es waren nicht mehr als zehn Minuten vergangen, seit Kadelon die Verbindung unterbrochen hatte. Zuerst hatte er den Eindruck gemacht, ein ganz normaler Mensch zu sein, aber aus dieser Entfernung erkannte Ty seinen federnden Gang und erinnerte sich dann sich an die seltsame Augenfarbe des Mannes. Er war kein Mensch, jedenfalls nicht vollständig.

Aber ob er nun ein Cyborg oder ein Cross-Synth war, spielte keine Rolle.

Dorsey saß im Cockpit bereit, und Ty an den Waffen. Einen Moment lang glaubte er, dass sie in Sicherheit waren und der Feind nichts von ihren Aktionen mitbekam, doch dann wurden Blaster abgefeuert.

Kadelon und ein anderer Mann erwiderten das Feuer und fielen hinter die beiden, die Haylio trugen, zurück. Er glaubte nicht, dass Reinas Bruder tot war. In diesem Fall hätten sich die Soldaten nicht mit ihm abgemüht.

Ty lud die Laserkanonen und gab die Signaturen ihrer Leute ein. Die Kanonen würden nicht feuern, wenn ihre eigenen Soldaten in Reichweite wären. Das war zwar nicht perfekt, aber er war nicht geschickt genug im Umgang mit den Waffen, um etwas anderes zu tun.

Mit einem Knopfdruck feuerte er sie ab, gelb-rotes Plasma schoss heraus, legte eine Feuerlinie hinter ihre Leute und gab ihnen ausreichend Deckung, um es zum Schiff zu schaffen. Dorsey ließ die Tür zum Fahrgastraum herunter, initiierte die Schubkraft und schoss los.

Sie erhoben sich in die Luft, Ty feuerte auf den Feind, während Dorsey das Fluggerät weiter steigen ließ. Das Schiff konnte die Atmosphäre nicht durchbrechen, aber es konnte nahezu senkrecht aufsteigen und in weniger als einer Minute über den Wolken sein. Der Waffenbild-schirm behielt den Feind im Auge, aber sie hatten kein flugfähiges Fahrzeug, nur einen Hover, und sie verloren den Kontakt, als Dorsey weiter aufstieg.

Dennoch blieb Ty aufmerksam.

Als sich das Schiff stabilisierte und Dorsey anfing, es vorwärts statt aufwärts zu bewegen, öffnete sich die Tür hinter ihnen mit einem Zischen und Kadelon und einer der anderen Soldaten kamen ins Cockpit. Der zweite Soldat legte seine Hände auf Dorseys Arm und zog sie vom Pilotensitz weg.

Ty sah rot. Er sprang von seinem Sitz auf und war im Handumdrehen bei dem Soldaten. Doch bevor er Hand an ihn legen konnte, hielt Kadelon einen Blaster an seine Kehle. „Wenn du etwas versuchst, wirst du dich auf dem Boden winden", drohte er.

Er war rasend vor Wut. Dieser verdammte Idiot hatte sich an seiner Frau vergriffen.

Die Frau in Frage erkannte, was vor sich ging. Dorsey streckte die Hand aus und legte sie auf Tys Arm. „Ist schon gut. Lass uns nach hinten gehen."

Die Worte konnten ihn nicht beruhigen, nicht wirklich. Aber er legte seine Arme um Dorsey und drehte Kadelon und seinem Mann den Rücken zu, wobei er sich bereits ausmalte, was er ihnen antun könnte, sobald der Spieß umgedreht würde. Dorsey murmelte ihm tröstende Worte zu und versicherte ihm, dass es ihr gut gehe. Dennoch schlug sein Herz schnell genug, um einen Hydix zu erschrecken, ein kleines, nervöses Nagetier, das auf Jaaxis beheimatet war.

Im hinteren Teil des Schiffes hatten die beiden verbliebenen Soldaten Haylio mit einer Infusion und Regenerationsgel auf seinen äußeren Wunden versorgt. Sein Kopf hing nach vorne, und er wurde nur durch einen zusätzlichen Gurt über der Brust aufrecht gehalten. Er hätte eigentlich liegend transportiert werden müssen, aber es gab kaum genug Platz für vier sitzende Personen, so dass sie keinen Platz für eine Trage hatten.

Haylios Augen öffneten sich, er sah Dorsey, und sagte schwer atmend ihren Namen.

Die beiden Soldaten traten von ihm zurück, um ihr Platz zu machen. Wenigstens schienen sie nicht auf Gewalt aus zu sein. Dennoch behielt er sie im Auge, während sie sich neben Haylio setzte und seine Hand nahm. Ihr Freund war keine Gefahr für sie; aber die Soldaten konnten sich jederzeit gegen sie wenden.

Er hatte immer noch einen Blaster in seinem Holster. Wenn einer von ihnen sie schief anschaute, würde er ihn benutzen, und die Konsequenzen wären ihm egal.

„Was ist passiert?", fragte sie den Verletzten.

Haylio konnte kaum sprechen, jedes Wort war kaum lauter als ein angestrengter Atemzug. „Er kam wegen Reina, das haben sie mir gesagt. Habe nicht zugelassen, dass sie sie mitnehmen. Nicht nachdem ..." Er konnte seinen Satz nicht beenden, weil er das Bewusstsein verlor.

Dorsey sah zu Ty auf, und in ihren großen braunen Augen stand deutlich die Sorge. Er setzte sich neben sie, legte einen Arm um sie und drückte sie an sich. Ihm fehlten die richtigen Worte, um sie zu trösten; er konnte ihr nur sich selbst geben.

Den Rest des Weges zurück nach Nina City war sie schweigsam. Ty wollte sie zum Sprechen bewegen, wollte wissen, was sie dachte, aber Haylios Worte hatten sie erschüttert. Außerdem verstand er, dass sie in Hörweite von Ninas Männern lieber nichts sagen wollte. Sie konnten ihnen nicht trauen.

Dank des guten Piloten gelangten sie ohne weitere Zwischenfälle zurück in die Stadt. Sie landeten in einem

Hangar am Rande der Stadt. Die Soldaten luden Haylio in ein Sanitätsfahrzeug und ließen Ty und Dorsey allein auf dem Rollfeld in der prallen Sonne stehen.

Dorsey hob ihr Gesicht zum Himmel und sah dann zu den Soldaten hinüber. Ihre Schultern sanken ein wenig und sie blickte schließlich zu ihm hinüber, ihr Gesicht voller Besorgnis. Sie holte tief Luft, atmete dann aber wieder aus, ohne etwas zu sagen.

„Was?", fragte Ty und versuchte, sanft zu klingen, obwohl er noch immer gereizt war von dem Zwischenfall im Jet.

Dorsey schluckte und schaute finster drein. „Ich kann nicht zurück. Es ist nicht sicher."

15
KAPITEL FÜNFZEHN

Das Konsortium war seit fünf Jahren ihr Zuhause. Dorsey hatte gehofft, sich hier ein Leben aufzubauen, vielleicht eines Tages eine Familie zu gründen. Es war nicht perfekt, aber es war auch nicht schlecht. Und innerhalb etwas mehr als einer Woche wurde sie entführt, entkam, wurde fast nochmal entführt und angegriffen, und das alles nur, weil sie ihren Job gemacht hatte und in die hochrangigen politischen Intrigen eines machtbesessenen Kriegsherrn hineingeraten war.

Sie konnte sich vorstellen, wie das ablaufen würde. Entweder würde Nina sie in ihre Herde aufnehmen und sie würde als Preis für den Schutz Dorsey als ihr Eigentum betrachten, oder sie würde Dorsey opfern, weil der Preis für ihren Schutz die Mühe nicht wert war.

Und wenn sie zu Ninas Palast zurückkehrte, würde eines dieser beiden Dinge passieren. Dorsey war für Droscus ein loses Ende und für Nina eine Schachfigur.

Und sie hatte Ty in diese Sache hineingezogen und nicht einmal versucht, seine Interessen von ihren eigenen zu trennen.

„Es tut mir leid", sagte sie. Schuldgefühle überkamen sie, als ihr klar wurde, wie sehr sie Tys Leben vermasselt hatte. Ohne sie wäre er vielleicht noch nicht einmal entführt worden! Diese Piraten waren nur deshalb zur gleichen Zeit wie er in der Nähe des Jaaxis-Tors, weil sie sie den Auftrag hatten, sie zu fangen.

Er legte seine Arme um sie, und ihr kamen die Tränen. Sie umklammerte seine Schultern und atmete tief ein, sein heimeliger, männlicher Duft vermischte sich mit der frischen Luft um sie herum und gab ihr ein Gefühl der Sicherheit, obwohl sie kein Recht darauf hatte. „Nicht", sagte er. „Entschuldige dich niemals für uns. Ich würde nichts anderes wählen, egal wie das hier endet."

Sie hob den Kopf und sah die Intensität in seinem Blick, in seinem Ausdruck. „Du könntest wegen mir verletzt werden. Vielleicht sogar getötet." Sah er nicht, dass sie schlecht für ihn war, dass sie ihn in Gefahr gebracht hatte?

Ty packte sie fest an den Schultern und beugte sich hinunter, so dass sie sich Auge in Auge gegenüberstanden. „Du hast mich gerettet. Mehr, als du jemals wissen kannst." Er sah sich schnell um, aber niemand war nahe genug, um ihre Worte zu belauschen, vor allem bei so vielen Fahrzeugen um sie herum. „Du bist meine Gefährtin. Meine Denya, die einzige Person im Universum, die ich mein Eigen nennen kann. Du gehörst mir, und ob es nun für eine Woche oder ein ganzes Leben ist, es ist mir eine Ehre, dich zu beschützen und an deiner Seite zu stehen."

„G-Gefährtin?" Das war keine Diskussion, die man auf einem Rollfeld führen sollte, wenn ihr Leben in Gefahr war, aber das hielt sie nicht davon ab. Dorseys Gehirn hatte eine Fehlfunktion. Sie konnte nur daran denken, dass Menschen keine Gefährten haben. Nicht so, wie er es gemeint hatte. „Das ist nicht ..."

„Ist es wichtig, ob du es für unmöglich hältst?", fragte er mit feuerrot leuchtenden Augen. „Würde es dazu führen, dass du weg gehst?" Er nahm ihre Hand und legte sie über sein Herz. „Du spürst das Band zwischen uns, es war schon die ganze Zeit da."

Er hatte recht. Ein rebellischer, reflexhaft nach Unabhängigkeit strebender Teil von Dorsey wollte dagegen ankämpfen, wollte sich gegen die Verbindung auflehnen, nur um des Auflehnens willen. Aber hier ging es um Ty. Sie hatte sich bereits für ihn entschieden, er war bereits der ihre.

„Ich liebe dich", sagte sie. Das hatte sie noch nie gesagt, nicht im romantischen Sinne. Und Ty war der einzige Mann, zu dem sie das jemals sagen würde. „Läufst du mit mir zusammen weg?", fragte sie.

Seine Intensität ließ nicht nach, aber nach einem Moment grinste er und hob sie hoch, umarmte sie fest und wirbelte sie herum, bevor er sie wieder absetzte. Sie kreischte und schlang ihre Arme um ihn, bevor sie umfallen konnte.

„Ich habe eine Idee“, sagte er. „Aber wir müssen jetzt gehen.“

Sie nahm seine Hand. „Dann lass uns gehen.“

Es war viel einfacher, die Soldaten abzuhängen, als es hätte sein sollen. Aber Ty und Dorsey wurden nicht bewacht, und die Priorität der Soldaten war es, Haylio in Sicherheit zu bringen, nicht, auf sie aufzupassen. Als sie zum Tor am Eingang des Landeplatzes kamen, ließ die Wache sie mit einem lässigen Winken hinaus, ohne sich die Mühe zu machen, irgendjemanden zu informieren, dass sie nicht in Begleitung waren.

„Hast du noch den verschlüsselten Kommunikator?“, fragte er. Sie hielten sich an den Händen und gingen lässig die Straße hinunter in den belebteren Teil der Stadt. Hier war nicht viel los, aber es gab ein paar Geschäfte und Leute, die an der Bushaltestelle warteten, um weiter in die Stadt zu fahren.

Dorsey griff in ihre Tasche und holte ihn heraus. „Ich dachte, er könnte noch nützlich sein.“ Da der Kommunikator verschlüsselt war, konnte darüber auch ihr Standort nicht verfolgt werden. Das bedeutete nicht, dass Nina nicht die Macht hatte, sie zu finden, aber es war ein Werkzeug weniger für ihre Gegner.

Sie reichte es Ty, und er gab einen Code ein und hielt es an sein Ohr, wobei er den Privatmodus verwendete, damit niemand in der Nähe zuhören konnte.

„Wen rufst du an?“, fragte sie. Sie lebte seit fünf

Jahren hier und hatte niemanden, der ihnen helfen konnte. Wie konnte Ty jemanden kennen?

„Einen Freund, hoffe ich", antwortete er. Er sprach mit seinem Freund in einer Sprache, die ihr Übersetzer nicht verstand. Als sie das Wort Denya hörte, wusste sie, dass es sich um Detyen handeln musste.

Eine Minute später gab er ihr den Kommunikator zurück. „Wir haben eine Mitfahrgelegenheit."

Zehn Minuten später tauchte ein Hover-Taxi an der Bushaltestelle auf. Auf dem Fahrersitz saß ein Detyen-Mann, aber er war nicht derselbe, den Ty auf der Straße vor Reinas Haus getroffen hatte. Sie kletterten auf den Rücksitz und fuhren schweigend weiter.

Sie wurden vor einem unauffälligen, niedrigen Gebäude in einer der schlimmsten Gegenden der Stadt abgesetzt. Oberflächlich betrachtet sah das Haus genauso heruntergekommen aus wie die anderen Gebäude. Zwei Fensterscheiben im obersten Stockwerk hatten Risse, der Anstrich war nur noch als unregelmä-ßige graue Flecken vorhanden. Die Tür sah aus wie eine einfache Holztür, aber als sie näher kamen, sah sie, dass es nur eine Fassade war. Eine viel dickere Metalltür schloss sich bündig daran an, unsichtbar für Passanten und stabil genug, um eine anrückende Armee abzuhalten.

Ty war seit weniger als einer Woche auf Tarni. Wie hatte er einen Kontakt mit einem Safe-House und mit der Möglichkeit, sie vom Planeten zu schaffen, bei einer Zufallsbegegnung gefunden?

Dorsey hatte keine Zeit zu fragen, denn die Tür öffnete sich, und ein junges Detyen-Mädchen, das nicht älter als neun Jahre sein konnte, führte sie hinein. Das Mädchen führte sie durch das gepflegte Haus zu einem fensterlosen Raum im Obergeschoss. Sie ließ die Tür offen, aber Dorsey wusste, dass dies nur aus Höflichkeit geschah.

„Du hast interessante Freunde, Tyral NaRaxos", murmelte sie. Sie hatte keine Zeit, mehr zu sagen.

Ein Detyen-Mann kam durch die Tür. Er und Ty fassten sich zur Begrüßung an den Unterarmen. Dann trat Ty zurück und zur Seite, um sicherzustellen, dass sie in das Gespräch einbezogen wurde. „Dorsey, das ist Stoan. Stoan, meine Denya, Dorsey."

Stoans Augen wurden groß und er sah zwischen den beiden hin und her. „Ein Mensch? Wie ist das möglich?" Sie hätte Kritik erwartet, nicht die nach jedem Strohhalm greifende, verzweifelte Hoffnung eines gebrochenen Mannes. „Wir sind gerettet, Cousin."

Gerettet? Was konnte das bedeuten? Und warum sah Stoan sie an, als wäre sie aus Diamanten gemacht?

„Ty?", fragte sie, nicht sicher, wie sie die Frage formulieren sollte. „Was ist hier los? Wovon redet er?"

Tys Gesichtsausdruck war betont neutral, als hätte er Angst, wie sie reagieren würde. Dorsey griff nach seiner Hand und drückte sie ermutigend. Er konnte nichts sagen, was sie zur Flucht veranlasst hätte. Sie konnte sich das nicht vorstellen.

Aber Stoan war derjenige, der sprach. Er machte

einen stolpernden Schritt auf Dorsey zu und legte seine Hand auf ihren Arm, wobei seine Finger kaum ihre Haut streiften. Dorsey schaute Ty an und erwartete einen Anflug von Eifersucht oder den Beschützerinstinkt, den sie im Jet erlebt hatte. Stattdessen sah sie eine tiefe Quelle des Verständnisses.

Und Mitgefühl. Nicht für sie, sondern für den Detyen.

„Wir sterben aus", sagte Stoan. „Einer nach dem anderen. Ich habe nur noch drei Jahre. Und meine ... sie ..." Er schüttelte den Kopf. „Ich habe niemanden. Aber wenn wir nicht nur auf unsere eigenen Frauen beschränkt sind ..."

„Ty?" Sie hatte die Sache mit der Gefährtin akzeptiert, aber die Reaktion dieses Mannes erschreckte sie.

Er sah zu Stoan hinüber. „Dürfen wir einen Moment allein sein?"

———

Ty sah zu, wie Stoan die Tür hinter sich schloss, und blickte dann zu seiner Denya hinüber. Er hatte vorgehabt, ihr alles über ihre Verbindung zu erzählen, aber er hatte gehofft, noch ein wenig warten zu können, damit sie Zeit hatte, sich darauf einzustellen. Stoan hatte auf ihn nicht wie ein Mann gewirkt, der so auf eine menschliche Denya reagieren würde, aber Dorsey war eine Chance zur Rettung ihres Volkes. Wenn sie sich mit Menschen verbinden konnten, waren vielleicht nicht alle Männer und Frauen von Detya, die noch keinen

Gefährten hatten, zu einem kurzen Leben verdammt, das zu früh ausgelöscht wurde.

Er fragte sich, ob er tatsächlich der erste war, der das entdeckt hatte. Nachrichten verbreiteten sich nur langsam in der Galaxis, und abgesehen von ihren Enklaven gab es nur wenige Detyen.

„Ich habe dir erzählt, dass unsere Spezies ausstirbt", begann er und rang nach den richtigen Worten, während ihn Befürchtungen und ein neues Gefühl von Zielstrebigkeit erfüllten.

Dorsey trat einen Schritt zurück, um ein wenig Abstand zwischen sie zu bringen. Ty gefiel das nicht, aber er zwang sich zu bleiben, wo er war. Er würde sie nicht in die Flucht schlagen, er musste nur die richtigen Worte finden.

„Du hast gesagt, das sei, weil euer Planet zerstört wurde", antwortete sie.

„Ja, das ist ein Teil davon. Aber da gibt es noch etwas." Es war kein Geheimnis — Max hatte es gewusst und Ty vermutete, dass Nina es auch wusste. Aber wer sich nicht mit der Morphologie von Außerirdischen beschäftigte, hatte keinen Grund, in diese Richtung zu denken. „Ohne eine Denya, ohne die *Verbindung* mit unserer Denyai, sterben wir, wenn wir dreißig werden."

„Was?", flüsterte sie mit der Kraft eines Aufschreis. Sie schwankte ein wenig, hielt sich aber aufrecht. Ty wollte die Hand ausstrecken, aber er befürchtete, dass sie zurückweichen würde.

„Als Detya noch existierte, war es besser. Nicht

perfekt, aber etwa neunzig Prozent der Leute haben ihre Gefährten rechtzeitig gefunden. Wir hatten ein System eingerichtet, um das zu unterstützen. Wir mussten nie außerhalb unseres Planeten oder unseres Volkes suchen, weil wir uns selbst versorgten. In den letzten hundert Jahren ist das immer seltener geworden. Unsere Männer sind in der Überzahl, und es gibt keine Garantie dafür, dass eine Bindung zustande kommt, selbst wenn die Frauen da und dazu bereit sind. Niemand dachte daran, bei den Menschen zu suchen. Ich habe es nicht gemerkt, bis ...“

„Bis was?“, fragte sie und lehnte sich zur Unterstützung an einen Sessel. Ihr Gesicht war aschfahl geworden.

„Erinnerst du dich daran, dass meine Augen verletzt waren?“

„Ja.“

Er wedelte mit der Hand vor seinem Gesicht. „Das erste Zeichen der Verbindung ist das Sehen. Das ist nicht der einzige Weg, aber der offensichtlichste. Weil ich dich nicht richtig sehen konnte, wusste ich nicht, was passierte, und als ich es erkannte, war die Verbindung bereits vollendet.“ Das stimmte sogar einigermaßen. Er hatte die Verbindung erkannt, er hatte sie nur für unmöglich gehalten.

Dorsey ließ sich in einen der schwarzen, gepolsterten Sessel sinken, die in der Mitte des Raumes standen, und stützte ihr Gesicht in die Hand. Sie atmete einige Male tief durch, richtete sich dann wieder auf und sah ihn mit

Tränen in den Augen an. „Du hast Max erzählt, dass du neunundzwanzig bist."

Ty kniete vor ihr nieder und nahm ihre Hände in seine. „Ich bin gerade dreißig geworden. Wenn sich unsere Wege nicht gekreuzt hätten ..." Er schüttelte den Kopf. „Du hast gesagt, dass du mich in Gefahr gebracht hast, aber in Wirklichkeit hast du mein Leben gerettet. Bemitleide mein Volk nicht. Wir haben so lange überlebt. Und wenn es mehr Menschen wie dich gibt, werden wir wieder aufblühen."

Dorseys braune Augen waren weit aufgerissen, aber etwas von ihrer Farbe kehrte zurück, dieses schöne Goldbraun, das wieder zum Leben erwachte. „Du darfst mir diese Dinge nicht mehr vorenthalten. Wir können nicht weitermachen, wir können kein Team sein, wenn wir Geheimnisse voreinander haben. Selbst wenn du denkst, dass es mich verletzen könnte, musst du es mir sagen."

Erleichterung durchströmte ihn, stark genug, dass er tief Luft holte, um sich zu beruhigen. Ty beugte sich nach vorne und umarmte Dorsey. „Keine Lügen. Du hast mein Wort. Ich liebe dich, meine Denya, und ich möchte dir nicht weh tun."

Sie drückte ihn fest an sich. „Ich weiß." Eine ganze Weile lang ließ sie ihn nicht los und Ty atmete ihren Duft tief in seine Lungen ein. Aber sie befanden sich im Safe-House eines anderen Mannes auf einem Planeten, auf dem sie jeden Moment gefangen genommen werden konnten.

Er zwang sich, sich zurückzulehnen, stand auf und

reichte Dorsey die Hand. Sie nahm sie und lächelte. „Lass es uns tun."

Sie baten Stoan wieder herein. Er hatte die Zeit genutzt, um sich zu sammeln, und der Mann, der jetzt vor ihnen stand, war von eisiger Höflichkeit und es gab keine Spur mehr von dem Bittsteller, der Dorsey zu Füßen gefallen war. Ty wusste, dass ein Teil davon noch in ihm war, aber tief verschlossen. Hoffnung war eine berauschende Droge; sie konnte einen Mann nähren und ihn dann ohne Vorwarnung verraten.

Ty schilderte dem Detyen ihr Dilemma und erzählte ihm von ihrer Gefangennahme bis hin zu der Rettungs-aktion, nach der sie geflohen waren. Stoan wartete geduldig, bis er zu Ende gesprochen hatte, aber er schien über keine der Informationen erstaunt zu sein. Ty fragte sich, wem dieser Mann diente und in was er verwickelt war, dass er ein Safe-House hier in der Hauptstadt brauchte.

Als Ty fertig war, nickte Stoan einmal. „Ich kann helfen. Bei Einbruch der Dunkelheit werdet ihr den Planeten verlassen haben und morgen früh auf dem Weg nach Jaaxis sein."

„Wir können dich nicht bezahlen", sagte Dorsey etwas schuldbewusst.

Ty öffnete den Mund, aber Stoan hielt eine Hand hoch, um ihn zu stoppen. „Du hast uns allen Hoffnung gegeben. Sorg dafür, dass andere davon erfahren, und das ist mehr Bezahlung, als man sich wünschen kann."

Sie trat vor und legte eine Hand auf seinen Arm, so

wie er es bei ihr getan hatte. „Ich hoffe, du findest deine Denya, ob sie nun ein Mensch oder eine Detyen ist."

Stoan war erschüttert, sein Blick sprach von Geistern, die Ty nicht erfassen konnte. „Ich danke dir, aber meine Hoffnung gilt anderen. Ich bin nicht ..." Er schüttelte den Kopf. „Das ist nicht für mich."

Dorsey öffnete den Mund, um zu widersprechen, schloss ihn aber schnell wieder. Sie drückte seinen Arm und ließ ihre Hand herabsinken. „Danke für deine Hilfe", sagte sie schließlich.

„Mirha wird euch alles bringen, was ihr braucht. Bitte hört ihr gut zu und tut, was sie sagt."

„Warte!", rief Dorsey, bevor Stoan gehen konnte.

Er hielt inne, die Hand am Türgriff, und drehte sich halb um.

„Ich habe eine Freundin, Reina Draven. Kannst du sie wissen lassen, dass es mir ... uns ... gut geht? Und dass ich mich bei ihr melde, sobald es sicher ist?", fragte sie. „Ihr Mann — es geht ihr gerade nicht gut und ich möchte, dass sie weiß, dass ich sie nicht vergessen habe. Ich möchte, dass sie sich sicher fühlt."

Stoan nickte. „Ich werde deine Nachricht überbringen und für ihre Sicherheit sorgen."

„Du musst nicht ..."

„Bitte, lass mich das tun." Er drehte sich um und ging, ohne Dorsey Gelegenheit zu geben, weiter zu widersprechen.

Kurze Zeit später kam das junge Mädchen, das sie ins Haus gelassen hatte, um sie abzuholen. „Diese Dokumente werden euch auf ein Schiff bringen." Sie reichte jedem von ihnen dünne schwarze Karten mit holografischen Bildern. „Aber wenn sie einmal gescannt wurden, sind sie nur noch etwa einen Tag lang gut. Sobald ihr das Gebiet des Konsortiums verlassen habt, könnt ihr eure eigenen IDs verwenden und auf eure eigenen Konten zugreifen. Nehmt den Bus zum Shuttle-Depot und verhaltet euch unauffällig", sie hielt eine Leinentasche hoch und reichte sie Dorsey. „Zieht euch um, bevor ihr geht."

In weniger als fünfzehn Minuten waren sie umgezogen und weg. Dorsey trug ein dunkelblaues Ensemble, eine weite Hose, ein dunkles, langes Shirt und eine über den Kopf gezogene Kapuze. Ty war grau gekleidet und trug einen Hut mit breiter Krempe und einem Stück Netz, das sein Gesicht verdeckte.

Sie sahen aus wie zwei normale Leute, die in Nina City leben. Ty ließ die Schultern hängen und versuchte, kleiner zu wirken, als er war. Dorsey schaute immer wieder hinter sie, als ob sie erwartete, dass jeden Moment bewaffnete Wachen aus den Schatten auftauchen würden.

„Wir werden es schaffen", versicherte er ihr. „Verhalte dich normal." Es fühlte sich nicht richtig an und er wollte zur Bushaltestelle rennen, als er sie am Ende der Straße entdeckte. Doch Ty zwang sich, ruhig weiterzugehen, und als Dorsey sich wieder umsah, ergriff er ihre Hand und drückte sie.

Da war nur eine andere Person, die auf den Bus

wartete. Die Sonne würde bald untergehen, und niemand würde sich nach Einbruch der Dunkelheit in diesem Teil der Stadt aufhalten wollen. Ty spürte, dass die Aasfresser, die Straßengangster, die sich an den Schwachen und Unterdrückten vergriffen, in den Startlöchern standen, bereit, sich auf sie zu stürzen, sobald es in den Straßen dunkel wurde.

Tys Blut pulsierte stark und er war bereit zu kämpfen, falls ihnen jemand Schwierigkeiten machen sollte. Jeder, den sie hier draußen trafen, war ein kleiner Ganove, nicht vergleichbar mit Droscus' ausgebildeten Lakaien. Er konnte mit allem fertig werden, was dieser Abschaum auf Lager hatte.

Aber noch war es hell, und der elegante silberne Hover-Bus tauchte pünktlich auf. Die Fahrerin musterte kurz jeden, der einstieg, aber sobald die Leute bezahlt hatten, schien es sie nicht mehr zu interessieren, was sie taten.

Der Bus war nicht voll besetzt, und Dorsey wählte einen Platz in der Mitte, nahe an einer Tür. Sie hielt den Kopf gesenkt und die Hände vor sich, bereit zuzugreifen, loszurennen oder zuzuschlagen. Sie verschränkte ihre Finger über den Knien, um ihr leichtes Zittern zu verbergen.

Der Fahrer wartete, die Tür war noch offen. Ty begann, die Sekunden zu zählen, während er alle möglichen Szenarien durchspielte, warum ein Busfahrer zu dieser Tageszeit in diesem Teil der Stadt warten wollte. Ein kastenförmiger grüner Speeder hielt neben ihnen, die Fenster waren auf Sichtschutz gestellt, so dass er den Fahrer nicht sehen konnte.

Dorsey erstarrte.

„Was?", fragte er.

„Das ist ein Fahrzeug des Wachdienstes. Glaube ich wenigstens", flüsterte sie so leise, dass er es kaum hören konnte.

Der Fahrer des Busses beendete den Schwebemodus, landete auf den Rädern und parkte den Bus an der Haltestelle. Die Lichter am Speeder wechselten von gelb auf blau, während er ebenfalls parkte. Die Tür öffnete sich und ein Wachmann trat heraus, seine Uniform war schwarz, sein Blaster, den er an der Seite trug, eine deutliche Drohung.

Ty atmete kaum.

16

KAPITEL SECHZEHN

Dorsey beobachtete, wie der schwarz gekleidete Wachmann um den vorderen Teil des Busses herumging. Sobald er in der Tür stand, zwang sie sich, den Blick abzuwenden. Sie richtete ihren Blick auf die dunklen Kacheln vor sich und versuchte, ihre Hände entspannt zu halten.

Denk an was Beruhigendes, sagte sie zu sich selbst. Welpen, Süßigkeiten, Ty. Ruhig. Ruhig. Ruhig.

Das beruhigte sie zwar nicht, aber es lenkte ihre Aufmerksamkeit vom Wachmann ab.

Palmen. Der Strand. Ty, der nur ein Handtuch anhat.

Die Wärme seines Körpers beruhigte sie, und sie wollte sich an ihn lehnen und sich an ihm reiben, aber das würde Aufmerksamkeit erregen. Das Einzige, was sie jetzt nicht tun sollten, war, Aufmerksamkeit zu erregen.

Zwei schwarze Stiefel kamen in ihr Blickfeld. Dorsey atmete nicht.

Dann wechselten sie die Richtung und der Wachmann drehte sich zu dem Mann, der mit ihnen in den Bus gestiegen war. „Komm mit, Vatho."

Sie vermied es, erleichtert auszuatmen. Nicht einmal, als Vatho, ihr Sitznachbar auf der Flucht, einen gellenden Schrei ausstieß und aufstand, um sich dann aber doch widerstandslos abführen zu lassen. Der Wachmann lud Vatho in sein Fahrzeug und fuhr davon.

Die Busfahrerin schloss die Tür, schaltete die Hover-Funktion wieder ein und sie fuhren los.

Der Bus setzte sie zwanzig Minuten später am Shuttle-Depot ab. Durch die helle Beleuchtung war jeder gut zu erkennen, und Dorsey hatte Angst, dass die Wachen, die lässig durch die Hallen schlenderten, sie erkennen würden.

Das einzige Gepäckstück, das sie dabei hatten, war die Segeltuchtasche, die Mirha ihnen gegeben hatte. Stoan hatte ihnen genug Credits mitgegeben, dass sie zusätzliche Kleidung und auf dem Flug auch Verpflegung kaufen konnten.

Der Eingangsbereich des Shuttle-Depots war gewölbt mit Glasmalerei an der hohen Decke, mit der Darstellung einer Schlacht, die vor Hunderten von Jahren stattgefunden hatte. Viele Leute wuselten herum und begrüßten und verabschiedeten Freunde und Familienmitglieder. Alle anderen bewegten sich auf die beiden Schlangen zu, in denen die Leute durch die Sicherheitskontrolle geschleust wurden.

Ty beugte sich zu ihr hinunter und sprach, wobei

seine Lippen ihr Ohr berührten. „Wir werden es schaffen. Es ist okay." Er strich in einer abschließenden tröstenden Geste mit seiner Hand über ihren Rücken und ging dann voraus, scannte seine Dokumente durch das automatisierte System und ging dann durch den Personen-Scanner.

Sie war wie erstarrt, bis das Licht gelb aufleuchtete. Er war in Sicherheit.

Dann war Dorsey an der Reihe. Sie konnte Ty sehen, der am anderen Ende der Sicherheitsschleuse stand, seine Haltung war täuschend lässig. Sie atmete gleichmäßig und trat einen Schritt vor. Ihre Tickets wurden mit der Vorderseite nach unten auf den Scanner gelegt, und das Licht blinkte nach einer Sekunde gelb auf.

Sie atmete zwar nicht erleichtert auf, hätte es aber beinahe getan.

Dann steckte sie ihr Ticket in die Tasche und betrat den Scannerbereich. Lichter blitzten auf, wirbelten herum und surrten. Ein verrückter Teil von ihr stellte sich vor, wie alles auf sie einstürzte und sie dort gefangen hielt, bis Droscus kommen und sie töten oder gefangen nehmen würde.

Das war verrückt. Nina würde sie zuerst finden. Und sie würde nicht erfreut sein.

Der Scanner piepte, ein durchdringendes Trillern, das ihr einen Schauer über den Rücken jagte. Dorsey schaute auf das Statuslicht, aber es blieb unverändert blau und sagte ihr, sie solle an Ort und Stelle stehen bleiben.

„Bitte bleiben Sie ruhig", sagte eine Computerstimme. „Sie wurden nach dem Zufallsprinzip für eine umfassendere Kontrolle ausgewählt."

Ihr Herz drohte ihr aus der Brust zu springen und Dorseys Handflächen waren schweißnass. Sie fühlte sich, als wäre ihre Körpertemperatur plötzlich um zehn Grad angestiegen und ihre Wangen mussten knallrot sein. Sie holte tief Luft, zählte bis drei und atmete wieder aus, dann wiederholte sie die Übung. Eine Frau vom Sicherheitspersonal kam von der anderen Seite des Raumes herüber, ihr Schritt war ruhig und gelassen. Sie hielt Dorsey eindeutig nicht für eine Bedrohung.

Dorsey sah, wie sich Tys Hände zu Fäusten ballten, und sie stellte sich vor, was er mit den tödlichen Krallen, die er versteckte, anrichten konnte. Sie schüttelte fast unmerklich den Kopf. Es handelte sich um eine Kontrolle nach dem Zufallsprinzip. Ihre Papiere waren gültig und sie hatte keine Schmuggelware bei sich. Es war okay.

Es war einfacher, diese Gedanken an Ty zu senden als sich selbst davon zu überzeugen.

Die Wache trat an den Sicherheitsbot heran. Sie trug die dunkelgrüne Uniform des Sicherheitspersonals im Shuttle-Depot. Obwohl jeder in der Stadt letztlich Nina unterstellt war, wurde der Sicherheitsdienst im Depot von einem der zum Konsortium gehörenden Unternehmen geleitet. Zwischen ihnen und Ninas eigenen Leuten gab es Überschneidungen und Kontrollmechanismen. Dorsey würde nicht einfach übergeben werden.

Die Frau von Sicherheitsdienst drückte einige Knöpfe

auf dem Bedienfeld des Computers. Wieder wirbelten die Lichter um sie herum. Dorsey hielt vollkommen still und ihre Lungen brannten, weil sie vergaß zu atmen.

Schließlich wurde das Licht blau und die Wache nickte ihr zu. „Danke, Sie können weitergehen."

Dorsey nickte und ging durch. Ty legte seinen Arm um sie, und sie gingen den breiten Korridor entlang zum Terminal des Shuttle-Depots. Dieser Bereich war nicht so kunstvoll dekoriert wie die Eingangshalle. Die Decke war hoch und gewölbt, aber es gab keine Glasmalerei, nur ein paar einfache Fenster und dicke Steinwände.

Ihr Shuttle sollte erst in einer halben Stunde fliegen, also suchten sie sich eine Bank am Gate und setzten sich, die Gesichter von einer Kamera, die diesen Bereich überwachte, abgewandt.

„Warum war Stoan so bereit, uns zu helfen?", fragte Dorsey. Er war ein Fremder, und sie waren auf der Flucht vor zwei mächtigen Leuten, die sein Leben und das Leben derer, die ihm etwas bedeuteten, zur Hölle machen konnten. „Und sag nicht, dass es meinetwegen ist", sagte sie, immer noch geschockt von dem, was Ty über die Lebensspanne der Detyen erzählt hatte. Wenn sie nicht um ihr Leben laufen müssten, hätte sie ihn ernsthaft zur Rede gestellt, weil er sie im Unklaren gelassen hatte.

Aber es gab niemanden, mit dem sie lieber auf der Flucht sein wollte, und sie hatte wichtigere Dinge, um die sie sich Sorgen machen musste. Es ging ihm gut, es würde ihm auch weiter gut gehen, und er gehörte ihr.

Ty zeichnete müßig die Spitzen ihrer Finger nach. „Wir sind Detyen", sagte er. „Wenn es umgekehrt wäre, würde ich dasselbe tun."

„Einfach so? Ohne ihn auch nur ein bisschen zu kennen?"

„Wir sind so wenige. Wir sind alle fast wie eine Familie," Seine Stimme war voller Trauer.

Dorsey legte ihren Kopf an seine Schulter. „Ich wünschte, es wäre nicht so", sagte sie.

„Ich weiß, ich auch."

Niemand wollte etwas von ihnen, und ihr Flug wurde pünktlich zum Einsteigen aufgerufen. Dorsey dachte, sie würde erleichtert sein, aber als sie sich auf ihren Plätzen niederließen, wurde ihr klar, dass sie in einer Falle saßen. Sie befanden sich in einem winzigen Schiff, das im Begriff war, den Planeten zu verlassen und auf einer Raumstation zu landen, von wo sie nicht weglaufen konnten.

Sie waren fast frei, aber dies war der gefährlichste Teil ihrer Reise.

Sie und Ty schnallten sich an, das donnernde Geräusch der Triebwerke ertönte und das Shuttle hob ab. Einige der Passagiere blickten bewundernd aus dem Fenster, andere starrten mit angstverzerrten Gesichtern geradeaus. Ihre Ohren fielen zu, als sie höher und höher stiegen, und als sich der Himmel draußen verdunkelte, begannen ihre Arme in der nachlassenden Schwerkraft zu schweben.

Es dauerte nur wenige Minuten, bis die künstliche

Schwerkraft einsetzte.

Als sie an der Station andockten, wurde Dorsey noch nervöser. Jeder Muskel in ihrem Rücken spannte sich an. Ty fuhr sich mit den Fingern über die Knöchel, und sie war bereit, darauf zu wetten, dass er jeden angreifen würde, der sie auch nur schräg ansah.

Auf der Nina Station herrschte reges Treiben. Dorsey schaute zur anderen Seite des Terminals zu dem kleinen Flur, in dem Collins versucht hatte, sie festzuhalten. Sie erschauderte, als sie sich an das Gefühl der Fesseln an ihren Händen und Füßen erinnerte.

„Nur noch zwei Stunden", versprach Ty, „und dann sind wir frei."

———

Ty glaubte nicht daran.

In seinem Hinterkopf meldete sich eine Warnung, dass *irgendetwas* passieren würde. Sie hatten bisher alle Hindernisse überwunden, auch wenn er sie fast hatte auffliegen lassen, weil er sich kaum hatte zurückhalten können , als Dorsey eingehender kontrolliert wurde. Jetzt konnten sie nicht mehr weglaufen. Aber das Gebiet des Konsortiums war nicht groß.

Sobald ihr Schiff auf FTL-Modus umgeschaltet hätte , würden sie frei sein. Frei von Nina und Droscus und der ganzen verdammten Politik dieses kleinen Planeten.

„Wirst du es vermissen?", fragte er.

Sie verließen schließlich den Ort, der für fünf Jahre

ihres Lebens ihr Zuhause gewesen war. Ty war seit seiner Kindheit nicht mehr so lange an einem Ort geblieben. Die meisten Detyen verließen ihre Heimat schon in jungen Jahren, um ihre Ausbildung auf den Raumschiffen anzutreten. Erst wenn sie sich mit ihren Gefährtinnen niederließen, schufen sie sich ein richtiges Zuhause.

Hätte Dorsey sich gewünscht, dass sie sich hier ihr Zuhause schaffen würden? Wenn ja, würde er sie beide zurückbringen und die Sonne niederreißen, wenn das nötig war, um diesen Ort für sie sicher zu machen.

Aber sie lächelte und schüttelte den Kopf. „Ich dachte, ich würde es vermissen. Ich habe die meiste Zeit meines Erwachsenenlebens hier verbracht. Aber ich freue mich. Ich möchte herausfinden, was wir gemeinsam schaffen können.“

Er konnte sich jetzt ihre Zukunft vorstellen. Sie würden eine Handvoll wunderschöner Kinder bekommen, halb Detyen, halb Mensch. Er wäre der Ingenieur auf Dorseys Schiff, sie würden durch den Weltraum fliegen und den richtigen Planeten finden, um sich dort niederzulassen, oder an einem Ort leben und dann weiterziehen, wenn die Zeit dafür reif wäre.

„Ich möchte die Botschaft verbreiten“, sagte er, „und mein Volk wissen lassen, dass es Hoffnung gibt.“

Sie drückte seine Hand. „Das würde ich auch gerne.“

Sie entwarfen gemeinsam eine Vision ihrer Zukunft. Die erste Station sollte Jaaxis sein, um seine Familie kennenzulernen, und dann eine Reise zur Erde, um ihm ihre Heimat zu zeigen. Und von da an wären sie beide erst einmal als kleine Familie im Universum unterwegs.

Das Pläneschmieden ließ die Zeit wie im Flug vergehen, und ehe er sich versah, war ihr Schiff bereit fürs Einsteigen. Es war ein größeres Schiff, ein Linienkreuzer, der Jaaxis nach einem Monat erreichen würde. Als sie aufgefordert wurden, sich zum Einsteigen bereit zu machen, nahm Dorsey ihre Tasche und stellte sich mit den anderen Passagieren an.

Anders als unten auf Tarni bestand diese Gruppe nicht mehrheitlich aus Menschen. Ein großer Außerirdischer, fast zwei Meter fünfzig groß und mit spitzen Hörnern an seinem Kopf, stand vor ihnen. Hinter ihnen stand ein Wesen mit Tentakeln im Gesicht und Saugnäpfen anstatt Fingern.

Dutzende Passagiere gingen an Bord des kleinen Andockschiffs, das sie zum Kreuzer bringen sollte. Der Kreuzer selbst war viel zu groß, um an der Raumstation anzudocken.

Sobald sie auf dem Kreuzer waren, konnte Ty endlich frei durchatmen.

Dorsey fand einen Platz in der Mitte des Schiffes und er setzte sich neben sie. Es würde eine Weile dauern, bis alle Passagiere eingestiegen wären.

Dorsey spielte mit dem Riemen ihrer Segeltuchtasche und schaute immer wieder auf, um zu sehen, wer einstieg. Kein Wachmann kam, um sie zu holen. Über den Lautsprecher ertönte auch keine Durchsage, die sie zum Aussteigen aufforderte.

Mit jeder Sekunde, die verging, konnte Ty sehen, wie sie sich mehr und mehr entspannte. Schließlich hob das Schiff ab und Ty lehnte erleichtert den Kopf zurück.

Und dann heulte die Sirene.

17
KAPITEL SIEBZEHN

ALS DAS SCHIFF WIEDER AN DER NINA STATION ANDOCKTE UND die Passagiere aufgefordert wurden, von Bord zu gehen, geriet Dorsey in Panik. Sie versuchte, sich einen Grund auszudenken, warum der Alarm *nicht* sie und Ty betraf: ein mechanisches Problem, oder dass jemand auf dem Kreuzer positiv auf eine ansteckende Krankheit getestet worden war, oder das Start sich aus einem anderen Grund verzögerte. Nichts davon war überzeugend. Sie konnte es fühlen, dass sie entdeckt worden waren.

Im Terminal herrschte eine ganz andere Stimmung als bei ihrem Start nur wenige Minuten zuvor. Jetzt standen dort Dutzende von Wachen, starrten die Fahrgäste an und brüllten Befehle. Alle Passagiere wurden aufgefordert, ihre Taschen an einem bestimmten Platz abzustellen und sich danach in alphabetischer Reihenfolge aufzustellen. Da Dorsey und Ty Dokumente hatten, die sie als Ehepaar mit dem gleichen Familiennamen ausgaben, blieben sie zusammen.

Sie zitterte, aber ihr Körper fühlte heiß an. So etwas hatte sie noch nie auf einer Raumstation des Konsortiums erlebt.

Eine Wache in der blauen Uniform von Droscus' Truppen trat vor. Er hatte auf der Nina Station eigentlich nichts zu suchen. Aber das hielt ihn nicht davon ab, jetzt zu sprechen. „Alle Menschen müssen ihre Reisedokumente für eine zusätzliche Routinekontrolle vorlegen. Ihre Mitarbeit ist obligatorisch und wird geschätzt."

Sich zu wünschen, dass es einen anderen Menschen in der Warteschlange treffen würde, wäre absolut schrecklich. Dorsey zwang sich, diesen Gedanken nicht zuzulassen, selbst als der Wachmann immer näher kam. Tys Hand lag auf ihrem Arm, entweder um sie zu trösten oder um sie von einem Fluchtversuch abzuhalten, sie war sich nicht sicher, was. Als der finster dreinblickende, blau gekleidete Mensch schließlich vor ihr stehen blieb, hielt Dorsey ihm ihren gefälschten Ausweis hin und hoffte, dass er besser war, als Stoan versprochen hatte.

Aber der Wachmann sah ihr in die Augen und machte sich nicht einmal die Mühe, ihre Karte zu nehmen. Er hob eine Hand und winkte in ihre Richtung.

Tys Hand hielt sie fester, aber sie zog sich so unauffällig wie möglich von ihm zurück. Wenn sie nur sie mitnahmen, würde wenigstens er es schaffen. Zumindest er würde überleben. Wenigstens das konnte sie für ihn tun. Dorsey vermied es also, sich zu ihm umzudrehen, und als der Wachmann sie fragte, ob sie mit jemandem unterwegs sei, antwortete sie, sie sei allein.

Sie kamen zwei Schritte weit, bevor sich eine zweite Wache umdrehte. „Lass uns sicherheitshalber mal die Papiere von dem da überprüfen. Es ist schon zu viel schief gegangen, und der General will keine weiteren Fehler", sagte er mit einem rauen nasalen Keuchen, typisch für die Hirten in den Bergen von Thanatos. Aber sein Griff war so hart wie der eines grausamen Kerkermeisters.

„Das ist ein Skandal!", hörte sie jemanden von der anderen Seite des Raumes sagen. „Ich bin ein Botschafter und Sie haben kein Recht, mein Schiff aufzuhalten."

„Es wird nur einen Mom ..."

„Ich verlange, mit Ihrem Kommandanten zu sprechen. Ich bin ein Repräsentant des Oscavianischen Reiches!" Sie konnte den Botschafter nicht sehen, aber irgendetwas musste passiert sein, denn er hörte auf zu brüllen.

Sie schleppten Dorsey weg, während ein anderer Wachmann Ty überprüfte. Sie war noch nah genug dran, um das Piepen des Scanners zu hören, als sich herausstellte, dass sein Ausweis gefälscht war. Das Geräusch, als sie ihn mit den Fäusten schlugen, war nicht dumpf. Zuerst wehrte sich Dorsey gegen sie, versuchte, sich loszureißen oder zuzuschlagen, irgendetwas zu tun, nur nicht, sich widerstandslos zu ergeben. Es spielte keine

Rolle, dass sie keine Chance hatte, zu gewinnen. Sie konnte das einfach nicht schweigend über sich ergehen lassen.

Dorsey griff nach einem der grün gekleideten Wächter, also jemandem der örtlichen Sicherheitskräfte, der nicht zu Droscus' handverlesenen Schlägern gehörte. „Sag Max, dass sie Dorsey geschnappt haben, sofort!" Kaum hatte sie die Worte ausgesprochen, wurde sie Richtung Haupteingang des Terminals weggezerrt. Dorsey wehrte sich immer noch.

Doch dann drückte ihr einer der Wachmänner einen schwarzen Schlagstock mit kleinen Metallknoten gegen die Kehle. „Der Stromschlag von diesem Ding soll nicht tödlich sein, aber ich habe noch nie versucht, ihn länger als eine Minute an jemanden zu halten. Willst du die Erste sein?"

Dorsey drehte sich ruckartig um und spuckte ihm ins Gesicht.

Der Schlag kam von der anderen Seite. Ihre Stirn explodierte vor Schmerzen, Lichter tanzten durch ihr Blickfeld, und dann wurde alles schwarz.

———

Sie kam in einem dunklen Raum wieder zu sich, die Hände auf dem Rücken gefesselt und die Füße ebenfalls zusammengebunden. Sie lehnte an einer Wand und der Druck auf ihre Schultern hatte dazu geführt, dass ein Arm eingeschlafen war und sie bei jeder Bewegung

Nadelstiche verspürte. Dorsey blinzelte ein paar Mal und versuchte, ihre Umgebung wahrzunehmen.

Zum Glück war es nicht stockdunkel, aber ihre Augen brauchten etwas Zeit, um sich an die Lichtverhältnisse zu gewöhnen. Sie blinzelte und erkannte die Gestalt einer anderen Person auf der anderen Seite des Raumes. Ihr Blick wanderte über seine Schultern und um seinen Kopf herum nach oben.

Ty. Ihr Gefährte. Vielleicht hätte ihr das Angst machen sollen, aber es gab niemanden, mit dem Dorsey lieber eingesperrt gewesen wäre.

Sie dachte, sie hätte keine Geräusche gemacht, aber Ty sprach nur wenige Augenblicke nachdem sie zu sich gekommen war. „Wir werden es schaffen."

„Danke, dass du das sagst." Aber diesmal sah sie keinen Ausweg mehr. Piraten waren von Natur aus schlecht organisiert, und ihnen zu entkommen, war keineswegs ungewöhnlich. Collins war alleine gewesen, und selbst ihm wäre es fast gelungen, sie auszuliefern. Nina hatte nach der ersten Nacht nie versucht, sie gefangen zu nehmen. Aber jetzt war General Droscus selbst an Bord der Raumstation, seine handverlesenen Schlägertrupps hielten sie fest, und die einzige Hoffnung, die sie hatte, war, dass Max davon erfuhr und sich entschloss, ihnen zu helfen.

„Ich habe dir gesagt, dass ich dich nie anlügen würde", sagte er mit dem Nachdruck eines Versprechens. „Ich werde mein Wort halten."

„Wenn du nicht die ganze Zeit Laseraugen oder so

etwas vor mir verborgen hast, sehe ich nicht, wie das funktionieren soll." Obwohl seine Augen immer zu leuchten schienen, konnte sie sie in dem kleinen Raum kaum ausmachen. Ihre Füße berührten sich fast.

„Ich fürchte nein." Seine Schultern bewegten sich von einer Seite zur anderen, und wenn Dorsey sich anstrengte, konnte sie ein schwaches, reibendes Geräusch hinter ihm hören. Ihre Fesseln waren aus einer Art Faser gemacht und seine wahrscheinlich auch.

„Bist du ...?"

Er unterbrach ihre Frage mit einem entschiedenen Kopfschütteln und einem Blick zur Decke. Dorsey konnte nichts erkennen, aber seine Vorsicht war gerechtfertigt. Jeder könnte zuhören.

„Bereust du es immer noch nicht?", fragte sie. Sie begann zu verstehen, was er meinte. Wenn jetzt jemand die Tür öffnen und ihr anbieten würde, sie gehen zu lassen, wenn sie einverstanden wäre, Ty zurückzulassen, würde sie lieber in der Zelle verrotten.

„Nun", Ty zog das Wort in die Länge, „ich würde jetzt lieber die Schalldämmung unseres Zimmers testen, aber ..." Seine Schultern senkten um ein paar Zentimeter, und in diesem Moment öffnete sich die Tür, helles Licht durchflutete den Raum und zwei schwer bewaffnete Soldaten kamen herein.

Der eine richtete seinen Blaster auf Ty, während der andere auf Dorsey zielte. Und hinter ihnen schlenderte General Droscus herein.

Dorsey hatte ihn nur selten in natura gesehen, und die Bilder und Videos von ihm wurden ihm nicht gerecht. Er war so schön wie eine tödlich geschwungene Klinge, seine Wangenknochen hoch und kantig, die Nase gerade, die Augen von einem durchdringenden Silberblau. Er war auf Tarni schon in jungen Jahren an die Macht gekommen und war jetzt erst um die vierzig. Sein dunkles Haar war kurz geschnitten, aber noch lang genug, um sie gewollt im zerzausten Look zu frisieren. Mit seinem Aussehen gehörte Droscus eigentlich auf die Titelseite eines Modemagazins.

Sein Ehrgeiz und seine militärischen Ambitionen allerdings waren nicht so einnehmend wie sein Aussehen. Es war kein Geheimnis, dass er plante, das Konsortium eines Tages im Alleingang zu regieren. Für ihn waren Dorsey und Ty Ungeziefer, das man zertreten musste, bevor es noch mehr Ärger machen konnte.

Droscus sah einen seiner Männer an und nickte in Richtung Ty. „Bring den da nach draußen, Gaius." Er gab keinen weiteren Befehl, aber in Dorseys Eingeweiden bildete sich ein Eisblock. Der General wollte sie wirklich beide töten.

Gaius, der Wachmann, der Ty am nächsten stand, trat gegen Tys Seite. „Steh auf", befahl er.

Dorsey hielt den Atem an, als Ty sich bewegte, und hoffte, dass seine Fesseln nicht abfallen würden und dass er seine Krallen verborgen hatte. Sie würde es vielleicht nicht überleben, aber er könnte eine Chance haben.

Die Tür schloss sich hinter ihnen, und Dorsey blieb mit Droscus und dem anderen Wachmann zurück. Der Wachmann trat einen Schritt zurück und stellte sich neben die Tür, bereit zum Kampf. Der General winkte, die Oberlichter erwachten zum Leben, und ein Tisch mit je einem Stuhl auf beiden Seiten materialisierte sich aus dem Boden. „Bitte nehmen Sie Platz, Ms. Kwan“, lud Droscus sie ein, während er seinen eigenen Stuhl herauszog und darauf wartete, dass sie sich zu ihm setzte.

Es war nicht einfach, aber sie war nicht in der Position, abzulehnen. Also drehte sich Dorsey um und kroch auf ihre Knie, wobei sie mit ihren gefesselten Händen nur schwer das Gleichgewicht halten konnte. Es war nicht ganz einfach, sich in den Stuhl zu manövrieren, und keiner ihrer Entführer bot seine Hilfe an. Aber nach ein paar langen, schmerzhaften Momenten saß sie einem der mächtigsten Männer des Systems gegenüber.

Er war zwar schön, aber das löste nichts in ihr aus. Der einzige Mann, den sie wollte, war draußen, und sie musste dafür sorgen, dass sie die Sache lange genug hinauszögerte, damit er versuchen konnte, zu entkommen. Aber sie sagte nichts. Sie wollte Droscus nicht verärgern, indem sie gleich zu Anfang etwas Falsches sagte.

Er lehnte sich vor, einen Arm schwer auf dem Tisch. „Für einen einfachen Frachterpiloten haben Sie eine Menge Freunde.“

Das war keine Frage, also hielt sie den Mund. Droscus' Blick lag schwer auf ihr, er fühlte sich fast ölig an. Aber sie hielt sich aufrecht und blieb ruhig. Sie musste stark sein für Ty.

„Es tut mir sehr leid, dass es so weit kommen musste", fuhr er fort, Mitgefühl heuchelnd. „Jemand, der so … *klug* … ist wie Sie, hätte es wirklich weit bringen können, vor allem mit mir. Ich habe ein Auge für Talente." Aus dem Augenwinkel sah sie, wie der Wachmann etwas aufrechter stand, als wäre Droscus' Kommentar ein Lob speziell für ihn gewesen.

So vollkommen unter seiner Macht stehend, verstand sie, wie mächtig diese Worte sein konnten. Er brachte sie fast dazu, ihm folgen zu wollen, auch wenn er gerade dabei war, sie zu töten. „Warum ich?", fragte sie.

„Sie haben mehr als einen meiner Pläne vereitelt, und es scheint, als hätten Sie es aus Versehen getan", sagte er und winkte mit der Hand. „Ich kann mir gut vorstellen, was Sie mit ein wenig Training erreichen könnten."

Pläne? Plural? Sie öffnete den Mund, um ihm zu widersprechen, überlegte es sich aber anders, um ihre Überraschung nicht zu verraten.

Aber der General war dafür zu schlau. Er lächelte, sein Grinsen war jungenhaft. „Sie haben es nicht mal gewusst. Das spricht nicht gerade für meine Leute."

„Das Schmuggeln." Es war keine Vermutung, aber Dorsey wusste nicht, inwiefern sie daran schuld war, dass es vorbei war. Sie war von Piraten entführt worden und befand sich eine halbe Galaxie entfernt, als Droscus Lex ermorden ließ.

Droscus klatschte einmal in die Hände, als wäre sie ein Welpe, der ein besonders nettes Kunststück vollbracht hatte. „Wenigstens mangelt es Ihnen nicht an Verstand."

„Warum ich?" Er schien bereit zu sein, zu reden, also versuchte sie, ihm Antworten zu entlocken. „Ich wusste nicht einmal etwas davon."

Der General seufzte. „Erinnern Sie sich, dass Sie vor vier Wochen eine Status- und Wartungsmeldung bei Ihrem Arbeitgeber eingereicht haben?"

Dorsey nickte, allerdings waren die Berichte reine Routine, sodass sie sich nicht an einen bestimmten erinnern konnte. Sie reichte am Ende jeder Reise einen Bericht ein.

„Ja, nun, in Ihrem visuellen Bericht waren ein paar Dinge zu sehen, die ich in Auftrag gegeben hatte. Sie wussten nicht, dass sie nicht gezeigt werden durften , aber das war genug, um unbequeme Fragen zu verursachen." Den letzten Teil des Satzes sprach er mit höhnischer Stimme, und er verzog seine Lippen, was sein Gesicht von etwas Schönem in etwas Monströses verwandelte.

Das alles geschah, weil sie ihren Frachtraum nicht gut genug aufgeräumt hatte? Dorsey konnte den höhnischen Laut, der ihrer Kehle entwich, nicht unterdrücken. „Und das andere?", brachte sie hervor. „Das war, als Sie

Haylio gefangen genommen haben, richtig? Warum haben Sie ihn nicht einfach umgebracht?"

Wenn dieses Verhör weiterging, dann nur deshalb, weil er gerne mit seiner Beute spielte. Er könnte sie jeden Moment zerquetschen, doch in diesem Moment beantwortete er ihre Fragen. Er liebte die Macht zu sehr, um sie nicht bei jeder sich bietenden Gelegenheit auszuüben.

„Ich hatte nie die Absicht, ihn zu töten." Sie glaubte ihm nicht, aber es klang, als würde er die Wahrheit sagen. Aber das galt auch für alles andere, und wenn Dorsey herausfände, dass jedes Wort aus seinem Mund eine Lüge war, würde sie sich nicht wundern. „Ist Ihnen das Konzept der Ausübung von *Druck* nicht bekannt?"

Gegen wen? Haylio hatte keine Geliebte, keine Ehefrau, keine Kinder und nicht viele Freunde. Die einzige Person, gegen die er hätte verwendet werden können, war seine Schwester, und die hatte mit niemandem Ärger. Sie arbeitete als Buchhalterin in einem Geschäft im Stadtzentrum!

Er stieß ein kleines Lachen aus. „Ich sehe, dass Sie das unbedingt wissen wollen. Aber das ist ein Geheimnis für einen anderen Tag. Zumindest für mich." Er blickte zu dem Wachmann hinüber, doch Dorsey unterbrach ihn, bevor er einen Befehl geben konnte.

„Warum sind Sie selbst gekommen? Commander Nina wird stinksauer sein. Das bin ich auf keinen Fall wert." Er wusste, dass sie weggelaufen war. Sie war keinerlei Gefahr für seine Ambitionen, höchstens für seinen Stolz.

Jeder Anflug eines Lächelns war von Droscus' Gesicht verschwunden, und er stand auf, ohne sie zu beachten. „Töte sie", sagte er zum Wachmann. „Sorge dafür, dass du sie an einem öffentlichen Platz ablegst."

Er verließ den Raum, ohne sie noch einmal anzusehen.

18

KAPITEL ACHTZEHN

Ty wischte sich das Blut von seinen Krallen an der Hose ab und steckte den Blaster des gefallenen Soldaten in seine Tasche. Der Kampf war schnell und gnadenlos gewesen. Sein Bewacher hatte erst in der Sekunde seines Todes bemerkt, dass Tys Hände frei waren. Nicht umsonst hieß es, man solle einem Detyen niemals den Rücken zuwenden.

Aber die meisten vergaßen ihre Vergangenheit.

Er fand eine Schlüsselkarte und einen altmodischen Schlüsselbund in der Tasche des Mannes. Ty schnappte sich auch diese und versuchte, nicht zu sehr darüber nachzudenken, was er gerade getan hatte. Er hatte schon früher getötet, in ähnlichen Situationen wie dieser. Aber er war nicht von Natur aus ein Mörder, und sein Magen rebellierte bei dem Gedanken an die grauenvolle Tat, die er gerade begangen hatte.

Er würde noch viel Schlimmeres tun, um Dorsey zu retten.

Sie hatten sich nicht weit vom Vernehmungsraum entfernt. Der Wachmann hatte ihn ein Stück den Flur entlang und in einen anderen kleinen Raum gezerrt, und in dem Moment, als er ihm den Rücken zudrehte, machte Ty seinen Zug. Jetzt ließ er den Wachmann tot dort liegen. Die einzige Möglichkeit, dass der tote Wachmann entdeckt wurde, war, dass jemand die Tür öffnete, und dazu gab es keinen Grund.

Also ließ Ty ihn in der Ecke liegen. Er öffnete die Tür, um zurück zu Dorseys Verhörraum zu rennen, als sich die Tür öffnete und Droscus, dieser Skynlax-fressende Albtraum, herauskam. Ty huschte zurück in den Raum, kurz bevor der General sich in seine Richtung wandte und sehen konnte, dass er nicht mehr unter der Kontrolle der Wache stand.

Ty stand neben der Tür, die Krallen ausgefahren und bereit, zuzuschlagen, falls Droscus hereinkommen sollte. Er bezweifelte, dass der Kampf so einfach sein würde, wie der gegen den ahnungslosen Wächter. Der General kam den Flur entlang, das Klicken der Stiefel kam immer näher. Ty wartete, wobei sein Atem in dem ruhigen Raum viel zu laut war.

Das Klicken der Stiefel wurde leiser und entfernte sich immer weiter. Was auch immer der Wachmann mit ihm hatte machen sollen, bedurfte anscheinend keiner zusätzlichen Befehle.

Ab dem Moment, wo er Droscus nicht mehr hören

konnte, wartete Ty noch zehn Sekunden, bevor er aus dem Zimmer und den Flur hinunter zu Dorseys Zelle rannte. Es gab bestimmt eine Überwachungskamera oder einen Bot, der den Gang überwachte, aber Ty machte sich darüber keine Gedanken. Noch wichtiger war jedoch, dass er sich nicht erlaubte, darüber nachzudenken, was sie Dorsey alles hatten antun können.

Er ließ sich nicht von seiner Angst lähmen, und er ließ sich nicht von seiner Wut überwältigen oder sein Blut zum Kochen bringen. Alles was er tat, war so schnell wie möglich zu rennen.

Er zog die Karte durch das Türschloss und holte den Blaster heraus, den er dem toten Wachmann abgenommen hatte. Ty ging sofort in die Hocke, hielt seine Waffe vor sich und schoss, sobald er den Wachmann erblickte, der sich über Dorsey beugte.

Ein Blasterschuss reichte nicht aus, um die Wache auszuschalten. Blaster waren nicht tödlich und die Wache trug eine Rüstung, um die Energie weiter abzulenken. Ein Treffer tut trotzdem weh, etwa so wie ein kräftiger Schlag.

Der Wachmann drehte sich um und wandte sich von Dorsey ab, die auf einem Stuhl saß, der noch nicht da war, als Ty abgeführt wurde. Ihre Hände waren immer noch gefesselt, aber sie war nirgends angebunden. Er warf ihr nur einen kurzen Blick zu, bevor er auswich, als der Wachmann seinen Blaster anhob und feuerte. Der Energieblitz zischte an seinem Ohr vorbei, schlug in die Wand ein und versengte die dunkle Farbe.

Dorsey rollte sich von ihrem Stuhl und kroch von dem Wachmann weg, während Ty erneut schoss. Er wurde von einem Blasterschuss getroffen, der ihn in den Bauch traf und ihm die Luft aus den Lungen presste. Es brannte, aber Ty biss die Zähne zusammen und feuerte erneut.

Der Wachmann war wie ein Tänzer, der Pirouetten drehte und gleichzeitig schoss und mehr als der Hälfte der Schüsse auswich, die Ty auf ihn abfeuerte.

Ty konnte hingegen konnte nicht ausweichen. Der Raum war eng, und er hatte nicht die Ausbildung, um die Treffer zu vermeiden. Aber er konnte eine Menge einstecken, mehr als ein Mensch. Also beendete er seine Versuche, auszuweichen, richtete sich stattdessen zu seiner vollen Größe auf und stürmte auf den Wachmann zu. Dabei schoss er mit seinem Blaster so schnell, wie es ging, während er gleichzeitig einige Treffer direkt auf seiner Brust einstecken musste.

Beim nächsten Treffer erkannte Ty, dass der Blaster des Wachmanns auf eine niedrige Stufe eingestellt war, um zu verletzen, nicht um ihn komplett auszuschalten. Genau das, was eine Person tun würde, wenn ihr Ziel bereits gefesselt ist. Den zweiten Treffer spürte er kaum, so stark und überwältigend war die Wut. Es war der dritte, der ihn fast in die Knie zwang, aber er durfte nicht hinfallen. Wenn Ty hinfallen würde, wäre er tot.

Sein eigener Blaster war auf die stärkste Stufe eingestellt, aber die Rüstung des Wächters und sein Training im Ausweichen glich die Stärke der Treffer wieder aus.

Ty überwand den verbleibenden Abstand zwischen ihnen und warf seinen Blaster zur Seite. Er holte mit seinen Krallen aus, wobei er den Wächter an der Seite seines Gesichts und dann den Arm hinunter verletzte. Auf so kurze Distanz waren die Blaster nicht mehr nützlich, das erkannte auch der Wächter.

Der Wachmann war in Schwierigkeiten. Ty war zu nah, deshalb konnte er nicht schießen, und er hatte nicht genug Spielraum, um auszuholen und richtig zuzuschlagen. Und mit seinen Krallen war Ty mehr wie ein wildes Tier als wie ein Mensch. Er wusste genau, wie er die Krallen einsetzen musste, um maximalen Schaden anzurichten.

Doch der Wächter gab noch nicht auf. Er blutete aus mehreren Wunden, schonte die Seite, an der er sich eine besonders bösartige Schnittwunde eingefangen hatte und war Ty auch kräftemäßig eindeutig unterlegen, doch er wehrte sich weiter mit Tritten und Schlägen.

Und dann hatte der Wachmann Glück.

Er streckte sein Bein aus und Ty stolperte, fiel rückwärts und konnte sich nicht abstützen. Er knallte auf den Boden, und sein Kopf verfehlte beim Sturz nur knapp die Tischkante. Ein Schock durchfuhr ihn, das dumpfe Geräusch beim Aufprall seines Körpers klang zu harmlos für den Schmerz, den er fühlte, als sein Kopf auf die kalten, harten Fliesen schlug.

Der Wachmann kam auf ihn zu, mit einem bösen Grinsen, das durch das Blut, das an seiner Lippe heruntertropfte, noch unheimlicher wurde. Er schwang sein

Bein und versetzte Ty einen harten Tritt in die Seite. Etwas knirschte, und ein Schmerz durchzuckte ihn vom Oberbauch bis hinunter zu den Hüften. Ty versuchte, sich wegzurollen, aber der Gegner war jetzt im Vorteil und trat erneut zu, wodurch Ty auf den Rücken rollte, während er weitere schwere Prellungen erlitt.

Etwas Metallenes blitzte auf, als der Wächter eine Klinge aus der Scheide zog und sie hochhob, bereit zum tödlichen Hieb. „Du bist nicht der Einzige hier, der schneiden kann", sagte er spöttisch.

Ty wich zurück und versuchte, sich genügend Bewegungsspielraum zu verschaffen, aber es war nicht genug. Der Wächter fuchtelte mit der Klinge vor ihm herum und genoss die letzten Augenblicke vor dem Todesstoß.

Die Augen der Wache wurden plötzlich groß, und Ty hörte das unverkennbare Zischen eines Blasters. Der Wachmann umklammerte seinen Nacken, kippte nach vorne und stöhnte vor Schmerz. Ty sah, wie Dorsey auf ihn zukam, eine Hand hielt den Blaster, während sie die andere unbeholfen an ihre Brust presste.

Erst als er am Boden lag, hörte Dorsey auf zu schießen, aber der Wachmann war nicht tot. Noch nicht.

Ty behob dieses Problem mit einem Schlag seiner Klauen. Es war schnell und sauber und nicht schnell genug vorbei.

Als das Blut aus der Kehle des toten Wachmanns floss, kam Ty zu sich. Er spürte, wie sich der Nebel um ihn herum lichtete, während sich der Schmerz einstellte und ihn fast bewegungsunfähig machte. Er war immer noch über die reglose Gestalt des Wachmanns gebeugt und atmete schwer. Seine Hände waren blutverschmiert und er spürte, wie sein Gesicht anschwoll und die Prellungen schmerzten. Hätte er einen Spiegel gehabt, hätte er statt seiner normalen blauen Hautfarbe ein kränkliches Violett-Grau gesehen.

Der Blaster zitterte in Dorseys Hand, und eine Sekunde lang war Ty überzeugt, dass sie auf ihn schießen würde. Er wusste, dass er in diesem Moment wie ein Monster aussah, mit ausgefahrenen Krallen, verfärbtem Gesicht und glühenden Augen.

Langsam senkte sie ihren Arm und legte den Blaster auf den Tisch neben sich. Ihr anderer Arm stieß gegen den Stuhl und sie zuckte zusammen.

Tys Augen konzentrierten sich auf ihre linke Hand. Ihr Daumen war rot und geprellt und hing schlaff herunter. Er war gebrochen.

„Ich hatte Angst, du wärst tot“, sagte sie. Sie stolperte auf ihn zu und legte ihre unverletzte Hand auf die einzige nicht blutige Stelle an seiner Schulter.

Ty legte seinen Arm um ihre Schulter und zog dabei seine Krallen ein. „Solange du lebst, werde ich dich nie in einer gefährliche Situation alleine lassen.“

19
KAPITEL NEUNZEHN

Ty hatte etwas Wildes an sich. Sie würde normalerweise sagen, dass er nicht ganz menschlich war, aber da er ja überhaupt kein Mensch war, passte das nicht wirklich. Er hatte ihren Wächter regelrecht in Stücke zerrissen und mit unerbittlicher Entschlossenheit angegriffen, ohne sich dabei um die Verletzungen zu scheren, die ihm zugefügt wurden. Und dann stand er vor ihr, blutüberströmt, schwer atmend und mit ausgefahrenen Krallen, und versprach, sie zu beschützen.

Sie hätte schon vor langer Zeit weglaufen sollen.

Aber Dorsey hatte kein Interesse daran, wegzulaufen. Nicht vor ihm.

Sie hatten zusammen nicht genug unverletzte Körperteile, um daraus eine einzelne unverletzte Person zu machen, aber gemeinsam stolperten sie aus dem Raum und den Flur hinunter. Wenn Droscus die Kontrolle über die Kameras hatte, würden sie sofort gefasst werden. Doch tief in Dorsey schlummerte ein Funke Hoffnung.

Ty hatte sie gerettet. Sie waren noch am Leben. Sie würden es schaffen.

Ihr linker Arm brannte wie Feuer, und der Schmerz strahlte von ihrem ausgerenkten und möglicherweise gebrochenen Daumen nach oben. Sie drückte ihn an ihre Brust und versuchte, ihn vor weiteren Verletzungen zu schützen, doch als sie gegen einen Türrahmen stieß, keuchte sie.

„Was ist mit deiner Hand passiert?", fragte Ty sanft, doch bei der nächsten Frage wurde sein Ton scharf. „Was haben sie mit dir gemacht?"

„Ich habe mir das selbst angetan", stieß sie hervor. Wenn sie die Zähne zusammenbiss, tat es etwas weniger weh. „Ich musste mich aus den Fesseln befreien", aber das war nicht beabsichtigt gewesen. Sie hatte versucht, sich zu befreien, sobald Ty zu kämpfen begann. Dann war ihr Daumen gebrochen. Wie Dorsey ihre Hand hatte losreißen können, ohne zu schreien, wusste sie auch nicht.

„Wir werden uns auf dem Schiff gleich als Erstes darum kümmern", versprach er.

„Nein", protestierte Dorsey, „du blutest ja überall! Die Ärzte werden sich zuerst um dich kümmern."

Ty knurrte tatsächlich. Er blieb stehen, drehte sich zu ihr um und sah sie an. „Arzt. Zuerst. Für Dich", spuckte er förmlich aus.

Sein Befehlston ließ sie erschaudern und sie

versuchte nicht, sich dagegen zu wehren. Er musste behandelt werden, und wenn er darauf bestand, zu warten, bis sie behandelt war, dann würde sie eben schnell handeln. Doch während sie den Gang hinunterstolperten, ging ihr die ganze Begegnung mit Droscus durch den Kopf.

Warum war er zur Nina Station gekommen? Das Einzige, was es hier gab, waren die Menschen und Schiffe, die die Atmosphäre nicht durchbrechen konnten. „Lex' Schiff", erkannte sie.

„Was?", fragte Ty.

„Er will etwas von Lex' Schiff. Nina muss es hierher gebracht haben." Während sie sprach, wurde sie sicherer, dass das der Fall war. „Wir müssen Max finden. Droscus darf nicht bekommen, worauf er aus ist."

Tys ganzer Körper spannte sich an und er holte tief Luft. Sie dachte, er würde ihr sagen, dass sie die Station verlassen müssten, dass sie zu verletzt seien, um zu kämpfen. Stattdessen nickte er. „Ich will nicht, dass dieser Bastard gewinnt."

Sie bewegten sich schneller, in Richtung Terminal. Dort war es am wahrscheinlichsten, befreundetes Sicherheitspersonal anzutreffen, aber sie versuchten, die weniger frequentierten Gänge zu benutzen. Man konnte nicht wissen, wer sie für ein paar Credits Bestechungsgeld an Droscus aushändigen würde.

Als sie um eine Ecke bogen, sahen sie sich drei grün gekleideten Wachen gegenüber. Sie gehörten zum Stationspersonal, sie waren nicht mit Droscus gekommen.

Aber einer von ihnen hob einen Blaster und befahl: „Sofort stehenbleiben!"

Sie hielten an. Dorsey schätzte die drei Wachen ein. Sie erkannte keinen von ihnen, aber sie waren alle menschlich und gehörten eindeutig zur Nina Station und nicht zu Droscus' Leuten. Ty und Dorsey waren ihnen nicht gewachsen, schon gar nicht mit ihren Verletzungen. Nur der mittlere Wächter, ein großer Mann mit hartem Gesicht und blondem Haar, hatte seinen Blaster auf sich gerichtet, aber die beiden anderen beiden waren auch bewaffnet und konnten sie ausschalten.

Das Blut gefror in ihren Adern und Dorsey wusste nicht, ob es die Angst war oder sich die Auswirkungen ihrer Verletzungen bemerkbar machten. *Bitte sei ein Freund*, dachte sie. *Bitte sei Max gegenüber loyal.*

Ty war neben ihr wie eine sprungbereite Feder. Sie wusste, falls der Wächter sie angreifen würde, würde Ty sie mit seinem Körper bis zum Schluss beschützen. Das konnte sie nicht zulassen. Sie würde nicht zulassen, dass er sich opferte, nicht bevor alle Hoffnung verloren war.

„Um Himmels willen, haltet euch zurück!"

Max kam von hinten mit langen und sicheren Schritten auf sie zu. Er trat vor seinen Wachmann und starrte ihn einen Moment lang an, bevor der verlegen seine Waffe senkte. Max nickte zustimmend. „Geh und sag Hovan, er soll sein Schiff warten lassen", sagte er.

Der Wachmann zog sich zurück und rannte den Gang entlang. Max drehte sich zu ihnen um.

„Wie hast du uns gefunden?", fragte Ty keuchend.

Max' Augenbrauen gingen in die Höhe und er warf Ty einen seltsamen Blick zu. „Wir haben hier Überwachungskameras, und meine Leute sind durchaus in der Lage, zwei verletzte Zivilisten aufzuspüren."

„Du hast ihn nicht daran gehindert, sie zu entführen", höhnte Ty und beugte sich vor, als wolle er auf Max losgehen.

Dorsey packte Ty an der Taille. „Nicht", flüsterte sie.

Ty entspannte sich zwar nicht, rastete aber nicht weiter aus.

„Der General ist hinter etwas her. Ist das Schiff von Lex hier?", fragte sie. Das Licht im Flur wurde heller und Dorseys Kopf fuhr herum. Sie spürte, wie ihr die Galle hochkam. Das war kein gutes Zeichen. Wenn sie ihren Arm nicht um Ty gelegt hätte, wäre sie umgefallen.

Max hielt beide Hände hoch. Er machte einen Schritt nach vorne, hielt aber inne, als Tys Arm sich fester um sie legte. Der Schmerz brachte etwas Wildes in Ty hervor, ein Tier, das an die Oberfläche kam. Max sprach leise: „Ich habe es unter Kontrolle. Kommt mit mir und ich bringe euch beide von dieser Station."

„Und zurück zu Nina?" Sie hatten zwar ihre Abneigung für Droscus gemeinsam, aber das bedeutete nicht, dass sie sonst auch die gleichen Ziele hatten.

Doch Max schüttelte den Kopf. „Es gibt nur ein Schiff, das derzeit die Freigabe hat, die Station zu verlassen. Und es geht nicht nach Tarni."

Max führte sie den Flur hinunter, wandte sich aber vom Terminal ab und führte sie durch eine Tür mit der

Aufschrift „Zutritt für Unbefugte verboten". Hier gab es keine Verzierungen an den Wänden und die Decken waren niedrig, die gesamte Atmosphäre war dunkel. Es war auch kühler, aber das konnte auch der Schock sein.

Tys Atem ging in schnellen Stößen, und sie wusste, dass er nicht mehr lange durchhalten würde, bevor er zusammenbrach. Sein Hemd war blutdurchtränkt und es begann, eine Spur von Blutstropfen auf dem Boden zu hinterlassen. Der Korridor endete an einer riesigen Schleuse, einem Service-Eingang.

An der Luftschleuse war ein Schiff angedockt. Auf der anderen Seite stand ein großer violetter Mann, der die Arme verschränkt hatte und mit dem Fuß wippte. Max drückte auf den riesigen blauen Knopf an der Wand, und die Türen öffneten sich mit einem Zischen und Stöhnen.

„Steck sie in eure Schmugglerluke, bis ihr das System verlassen habt", befahl Max dem ungeduldigen Oscavianer.

Der Oscavianer machte den Mund auf und gab einen Laut der beleidigten Unschuld von sich. „Wie kannst du es wagen ..."

„Botschafter Hovan, es ist mir egal, was Sie gerade da drin haben. Ich werde es als persönlichen Gefallen betrachten, wenn Sie diese Passagiere sicher zur Honora Station bringen." Er war nicht wirklich ehrerbietig, aber die metaphorischen Federn des Botschafters glätteten sich wieder.

Hovan kniff seine phosphoreszierenden blauen

Augen zusammen. „Eines Tages werde ich mich darauf berufen", warnte er.

„Ich würde nichts weniger erwarten." Max winkte Dorsey und Ty nach vorne. „Geht jetzt. Droscus kann euch nach dem Start nicht mehr aufhalten, aber er *kann* den Start verhindern. Das Fenster schließt sich."

Dorsey wollte Max umarmen, aber wenn sie Ty loslassen würde, würde einer von ihnen umfallen. Sie war sich nicht sicher, wer von ihnen. Also stupste sie ihn mit ihrem verletzten Arm an der Schulter an, was schmerzte, da sich ihr Daumen durch die Bewegung noch mehr verschob, und sie nickte ihm zu. „Danke. Deine Freundschaft hat mir in den letzten Jahren sehr viel bedeutet." Die Meisten hätten das nicht erkannt. Sie hatten sich mehr gestritten, als sie sich einig waren, und sie hatten zwischendurch auch mal monatelang nicht miteinander gesprochen. Aber bei manchen Leuten machte es einfach Klick.

Max streckte eine Hand aus, zog sie aber weg, bevor er sie berührte. Er nickte traurig. „Nutze diese Chance. Ich wünsche dir alles Glück der Galaxis."

„Heb etwas davon für dich auf." Max hatte eine Traurigkeit, die sie nie hatte durchdringen können. Sie hoffte, dass er jemanden oder etwas finden würde, mit dem er sich so gut fühlte wie sie sich mit Ty.

„Wirklich", schaltete sich Hovan ein, „wir müssen los."

Ty und Max nickten sich zu. Sie waren keine Freunde, aber sie konnte in Tys roten Augen sehen, dass er genau verstand, was Max für sie getan hatte. Und wenn Max jemals Tys Hilfe bräuchte, würde er sie bekommen. Ty griff in seine Tasche und zog einen altmodischen Schlüssel heraus. „Eine der Wachen hatte das hier. Es könnte dir helfen."

Max nahm den Schlüssel und musterte ihn. „Danke."

Sie betraten das Schiff und gingen einen schmalen Gang entlang, während sich die Luftschleuse hinter ihnen schloss und sie von der Nina Station trennte. Hovan rief nach Bediensteten, sein Tonfall war klar und gebieterisch, er war nicht mehr der gekränkte Beamte.

Er ließ sie anhalten, bevor sie eine der Hauptkapseln des Schiffes erreichten, bückte sich und drückte seine Hand gegen die Ecke einer Bodenfliese. Etwas piepte, und die Fliese schob sich zur Seite und gab ein tiefes Loch frei, in dem zehn Personen bequem Platz finden konnten. Ein schmales Feldbett stand an der Wand.

Es sah so aus, als würde der Botschafter nicht nur Waren, sondern auch Personen schmuggeln.

Ein Bot schwebte herbei, und Hovan schob ihn in die Luke hinunter. „Medizin-Bot", erklärte er. „Und jetzt runter, wenn ihr nicht entdeckt werden wollt."

Sie stiegen nach unten, und als sich die Luke über den beiden und dem Roboter schloss, verließ Ty die Energie und er sackte zu Boden.

„Ty", Dorsey rollte ihn von der Seite auf den Rücken und strich ihm das Haar zurück. „Bleib bei mir!" Sie winkte den Medizin-Bot heran und beobachtete, wie dieser ihn abtastete und mit unheimlichen Pieptönen und Pfiffen anzeigte, wenn er eine Verletzung erkannte.

Ty stöhnte und versuchte, den Roboter wegzuwinken, aber sie ließ ihn nicht. Sie ergriff seine beiden Hände und sog scharf die Luft ein, als seine Finger ihren verletzten Daumen berührten. Der Roboter surrte, und eine scharfe Nadel schoss heraus und stach ihn in den Arm.

„Hey!" Ty wollte ihn angreifen, aber Dorsey hielt ihn fest.

Als er nicht aufhörte, sich zu bewegen, legte sie ihren Körper über seinen und versuchte, dabei seine schlimmsten Wunden nicht zu berühren. Das Schiff schwankte und ihre Ohren fielen zu. Sie hatten von der Station abgelegt und hatten den FTL-Modus aktiviert. Dorsey lächelte und atmete aus.

„Wir sind in Sicherheit", sagte sie.

„Sind wir das?", fragte Ty. Seine Stimme war von der Medizin etwas belegt, aber seine Augen waren klar. Und was noch besser war: Die Schmerzensfalten um seine Augen verschwanden, während der Bot seine Arbeit verrichtete.

„Ja", antwortete sie. „Erster Halt: Honora Station. Dann gehen wir an einen Sandstrand, gönnen uns einen eisgekühlten Drink und ich werde es mit dir treiben." Sie hielt inne und sah, wie die Maschine zweimal blau blinkte. Sie hatte Tys Wunden verschlossen, jetzt lag die weitere Heilung bei ihm. „Wie klingt das? Ich weiß, du wolltest die schönste Frau der Galaxis an deiner Seite haben, aber jetzt musst du dich eben mit mir zufrieden geben."

Ty winkte den Roboter zu ihr und Dorsey hielt ihre Hand hoch, damit er sie untersuchen konnte. Unter dem gelben Licht des Molekülverstärkers konnte sie spüren, wie sich alles wieder zusammenfügte. Das Licht diente auch als Anästhetikum, und es juckte mehr, als dass es weh tat.

„Was mich betrifft, bist du die schönste Frau im Universum", sagte er mit einer solchen Überzeugung, dass ihr Herz stolperte.

Bevor sie ihm widersprechen oder sich bedanken oder auch nur richtig nachdenken konnte, piepte die Maschine und signalisierte, dass sie fertig war, woraufhin Ty sie zu sich zog und ihren Mund mit seinem bedeckte. Zum Teufel damit. Dorsey warf ihre Arme um ihn und gab sich dem Kuss hin.

Sie lag in den Armen ihres außerirdischen Gefährten. Was könnte sich ein Mädchen sonst noch wünschen?

EPILOG

Stoan NaTakandey hatte sich vor diesem Treffen gefürchtet, seit er Ty und seine Denya weggehen sah. Aber es war unvermeidlich gewesen. Ein Mann betrügt seine Geliebte nicht, ohne dass es Konsequenzen hat. Er war zu ihrem Palast gerufen worden und hatte keine Ausrede, die Einladung auszuschlagen. Nicht, wenn er weiterleben wollte.

Commander Nina saß in ihrem Büro, hinter ihrem Schreibtisch. Nur wenige Gäste hatten diesen Raum je gesehen, und nur wenige ihrer Gefolgsleute wurden hierher eingeladen. Hier erledigte sie ihre Arbeit, plante ihre Eroberungen, verwaltete ihr Territorium und delegierte ihre Aufgaben. Stoan hatte genau einmal auf der Bank gegenüber dem Schreibtisch gesessen, vor vier Jahren, als sie ihn für die Aufgaben anheuerte, die sie ihren normalen Mitarbeitern nicht anvertrauen konnte.

Als er Platz nahm, blickte sie von dem Computerpad auf, an dem sie gerade arbeitete. Ihr Gesichtsausdruck war grimmig und er wusste, dass das hier nicht gut laufen würde.

Dann tat Nina etwas Unerwartetes.

Sie hielt einen altmodischen Metallschlüssel hoch und legte ihn vor ihn hin. „Den hier hat dein Freund Tyral NaRaxos an sich genommen und abgegeben. Einer von General Droscus' Wachen trug ihn bei sich."

Stoan nahm den Schlüssel an sich und studierte ihn. Er war aus Messing und passte in die Mitte seiner Handfläche, die Zähne waren gezackt und gleichmäßig. Ein verschlungenes Muster im Metall ließ ihn eher dekorativ als nützlich aussehen. Aber niemand benutzte heute noch Metallschlüssel. „Was ist das?"

„Ich möchte, dass du das herausfindest. Und ich möchte dir jemanden vorstellen, der dir assistieren wird." Nina sah auf, als jemand hinter ihm den Raum betrat.

Stoan sträubten sich die Nackenhaare, und seine Krallen wollten auszufahren. Sein Magen krampfte sich zusammen, und er wusste mit absoluter Sicherheit, dass sich sein Leben für immer verändern würde, wenn er sich umdrehte. Wie bei einer Marionette drehte sich sein Kopf, und er erhaschte einen Blick auf blondes Haar und die kurvenreiche Gestalt einer menschlichen Frau.

Ein Erkennen durchfuhr ihn, das Universum ordnete sich neu. Stoans Verstand revoltierte und seine Eingeweide brodelten. Das konnte nicht sein. Nicht hier, nicht jetzt, nicht sie. Und auch wenn sein Körper sie als seine Denya erkannte, gab es nur einen Gedanken in seinem Kopf.

Nein!

———

Erfahren Sie, wie es weitergeht mit Stoan

Als Reina in eine Welt voller Gefahren und Intrigen hineingezogen wird, ist ihr einziger Halt der verschlossene blaue Außerirdische, der ihr als Partner für eine ihr auferlegte Mission zugewiesen wurde. Obwohl zwischen ihnen eine heiße Flamme des Begehrens lodert, weiß sie nicht, ob sie für eine Romanze bereit ist, und er scheint entschlossen, sich von ihr fernzuhalten.

———

Was kommt als Nächstes: Stoan

Erhältlich im Frühjahr 2022

Außerirdischer in Aktion ...

Stoan ist ein Spion, und selbst wenn ihn seine gefährliche Arbeit nicht umbringt, lebt er trotzdem von geborgter Zeit. Wenn er nicht vorher seine Gefährtin findet, wird er an seinem dreißigsten Geburtstag sterben. Doch als ihm die menschliche Frau begegnet, die das Denya-Band in ihm erweckt, rebelliert seine Seele. Er sieht die Hoffnung, die für sein Volk in der Verbindung zwischen Menschen und Detyen liegt, aber er hat sich bereits einer anderen versprochen.

Eine gebrochene Frau ...

Reina Draven hatte durch den Ehrgeiz eines Warlords fast alles verloren. Als sie in eine Welt voller Gefahren und Intrigen hineingezogen wird, ist ihr einziger Halt der verschlossene blaue Außerirdische, der ihr als Partner für eine ihr auferlegte Mission zugewiesen wurde. Obwohl zwischen ihnen eine heiße Flamme des Begehrens lodert, weiß sie nicht, ob sie für eine Romanze bereit ist, und er scheint entschlossen, sich von ihr fernzuhalten.

Ein Band, das zu stark ist, um verleugnet zu werden ...

Ihre Mission führt sie tief in feindliches Gebiet, und um zu überleben, müssen Reina und Stoan lernen, einander zu vertrauen. Während die Gefahr immer größer wird, springt auch der Funke zwischen ihnen über. Doch als eine Überraschung aus Stoans Vergangenheit den Plan durchkreuzt, wird ihre Zukunft von etwas bedroht, das noch gefährlicher ist als ein ehrgeiziger Warlord.

Wird Stoan sich für eine Zukunft mit seiner Denya entscheiden? Oder werden seine Geheimnisse ihn vollständig verschlingen?

WEITERE BÜCHER VON KATE RUDOLPH

DER LÖWE UND DIE DIEBIN

Der Raubüberfall

Der Fluch

Die Quelle der Macht

Außerirdischer Gefährte

Ruwen

Tyral

ÜBER KATE RUDOLPH

KATE RUDOLPH IST EINE SCIENCE-FICTION-ROMANCEAUTORIN, die in Indiana lebt. Sie liebt es, über knallharte Heldinnen und die sexy Helden zu schreiben, die sie lieben. Sie verschlingt Liebesromane, seit sie zu jung war, um sie zu lesen, und ihre Bücher verstecken musste, damit niemand sie ihr wegnahm. Sie könnte sich keinen besseren Job auf dieser Welt vorstellen, als Liebesromane zu schreiben und sie mit ihren Mitlesern zu teilen.

Wenn Ihnen diese Geschichte gefallen hat, hinterlassen Sie bitte eine Bewertung.

www.ingramcontent.com/pod-product-compliance
Lightning Source LLC
Chambersburg PA
CBHW010844190726
48286CB00012BA/2986